生态文韵

# 野性的呼唤

## 纪念野马重返故乡三十周年

张赫凡◎著

中国林业出版社

**图书在版编目(CIP)数据**

野性的呼唤：纪念野马重返故乡三十周年 / 张赫凡著.
-- 北京：中国林业出版社，2015.4（2016.7 重印）
ISBN 978-7-5038-7959-3

Ⅰ. ①野… Ⅱ. ①张… Ⅲ. ①诗集—中国—当代
Ⅳ. ① I227

中国版本图书馆 CIP 数据核字（2015）第 079398 号

**责任编辑：何　蕊**

---

**出版**　中国林业出版社（100009　北京西城区德内大街刘海胡同 7 号）
http：//lycb.forestry.gov.cn　电话：（010)83143580
E-mail：cfybook@163.com
**发行**　中国林业出版社
**印刷**　北京中科印刷有限公司
**版次**　2015 年 5 月第 1 版
**印次**　2016 年 7 月第 4 次
**开本**　16
**印数**　7001-12000
**印张**　13.5
**字数**　150 千字
**定价**　30.00 元

谨以此书献给野马故乡新疆维吾尔自治区成立六十周年

献给野马重返故乡三十周年

献给我与野马相守的二十年青春岁月

献给为野马保护事业做出贡献的人们

# 前言 Preface

普氏野马俗称蒙古野马、亚洲野马，国家一级保护动物，被《濒危野生动植物种国际贸易公约》列入附录I物种。野马具有6000万年的进化史，被世人誉为“活化石”，它保留着地球上唯一马的原始基因，具有别的物种无法比拟的生物学意义。目前全世界约2000匹，是比大熊猫还珍稀的物种。

普氏野马曾广布于欧亚大陆草原及荒漠草原地带，是中纬度开阔景观环境的代表性物种。马科物种是脊椎动物进化序列最清楚的动物类群，在物种进化生物学研究上具有不可替代的作用。野马不仅在维系生物群落结构与功能的完整性、植物—动物相互作用和协同进化上发挥着极其重要的作用，而且在人类文明的起源和传承上起到过不可或缺的作用。20世纪中叶以后，野马的分布主要限于中国的准噶尔盆地及蒙古的科布多地带。1878年，沙俄军官普热瓦尔斯基在准噶尔盆地丘沙河、滴水泉一带捕获、采集野马标本，并于1881年由沙俄学者波利亚科夫正式定名为“普氏野马”。由于自然环境的破坏以及人类捕杀等原因，到20世纪70年代，新疆普氏野马被宣布灭绝。

1890年德国探险家格里格尔从中国准噶尔盆地捕捉到52匹野马幼驹，经过长途跋涉，运往德国汉堡后，仅存活28匹，其中13匹成功地繁殖了后代。当今存活在世界各地的野马均是圈养野马的12~14代后裔。长期处于与自然隔绝的人为圈养环境，使野马野生状态下具有的许多优良生物学特性不断退化消失，同时繁殖能力退化，遗传性疾病增多，从而导致野马面临着在地球上灭绝的危险。此后经国际野马组织多次国际会议的建议，认为引回原生地是理想的保护措施，因此中国政府承担了拯救这一濒危物种的使命，原林业部先后与美国圣地亚哥动物园、德国海拉不伦动物园签署了有关动物重引进协议。

1985年起，中国先后从英国、德国、美国引进24匹野马，1986年，原林业部和新疆维吾尔自治区人民政府共同批准建立了新疆野马繁殖研究中心。这是中国最早建立的8个重点保护野生动物拯救工程之一，也是新疆唯一的一个重引入物种工程。其基本任务和主要目的是：通过人工饲养繁殖，努力发展野马种群，进行野马野化的研究实验，认真总结放养、繁殖、发展野马种群的经验。最终让野马回归大自然，以达到重建野马种群的目的。原林业部及自治区人民政府自1985年由国外引回野马之初即着手制定了适应性饲养——栏养繁育——半自然散放试验——自然散放试验——自然生活的野马种群的方案。

经过近30年的野马饲养管理、繁殖、疾病防治、行为活动、生理生态、野化放归等方面的研究和实践，野马研究工作已经取得了巨大的成就。截至目前，野马在故乡已成功繁殖5代500多匹野马，繁殖率、成活率均居世界领先水平。2001年8月28日，中心首次向卡拉麦里自然保护区放归27匹野马，2003年野外繁殖取得成功。先后共向4个野放点放归野外13批次89匹野马。中心现保存野马种群数量达320匹，其中圈养野马92匹，野放野马135匹，半散放野马93匹。现已发展成为亚洲最大的野马繁殖基地。野马野放取得了探索性成功，为新疆其他物种的重引入起到了示范作用。

在喜迎新疆维吾尔自治区成立六十周年之际，恰巧也迎来了野马回归故乡新疆三十周年，同时也是我从大学毕业分配至新疆野马繁殖研究中心工作二十周年。在六十年的风雨历程中,新疆就像腾飞于祖国西部的矫健俊美的野马，以昂扬的姿态创造出了辉煌的成就，谱写出撼天动地的一曲曲壮歌，而野马保护者三十年的奋斗史就是其中一首荡气回肠的旋律，在野马故乡的广袤原野上悠扬回放。他们的血汗凝聚成了“热爱祖国、无私奉献、艰苦创业、开拓进取”的新疆精神，激越澎湃地流淌在新时代的脉搏中，穿越千险万阻，以千军万马之势，为实现伟大的中国梦，为新疆更美好的明天奔腾向前。

本书为你打开了走入神秘的野马王国之门，让你领略野马家族的悲欢离合，让你了解保护者为野马事业付出的心血，让你感受人与马之间的真情，让你探秘苍凉寂寥的大漠之中野马及野马保护者的内心世界，倾听野马对自由的声声呼唤，倾听发自保护者灵魂深处的呼声。本书是对新疆维吾尔自治区成立六十周年的献礼，是对野马重返故土三十周年的献礼，也是对无数为野马保护拯救事业付出青春和汗水的保护者的讴歌。希望通过本书的出版，能有更多的人来关爱野生动物，关爱野马，希望它能对唤起人类的保护意识有所帮助，让人们懂得拯救和恢复一个物种要比毁灭它时付出更大的代价，从而更加珍爱野生动物、珍爱大自然，能够与野生动物及大自然和谐相处。

张赫凡

2015年 3月

代序一

Preface

# 诗情似火照天山

几年前初次见到野马，就被这个古老物种所吸引，它们曾经失却家园、漂泊四方、历经磨难才回归故土新疆卡拉麦里。此后，无论工作多忙，那群渴望自由却充满悲情命运的生灵一直萦绕在感情的深处，挥之不去、藕断丝连。

但仔细想想，真正让我放不下的还是张赫凡，是她，让我与野马结下了不解之缘，也正是她的作品让我真正认识了这个高贵的物种。

在北京，或者北大，野马渐渐成为餐桌前我谈资最浓的部分，这也实实在在感动了一批人，他们纷纷索要野马图片，最后大家竟然只身或结伴到新疆看野马。每当此时，在朋友们陆续启程之前，我一定要送一本书给他（她）们，那正是赫凡的野马专著《野马重返卡拉麦里》。

赫凡1995年从新疆农业大学毕业，分配到近乎蛮荒的野马繁殖研究中心，从失望到适应，从害怕野马到与野马建立深厚感情，最后竟然写成了30多万字的野马日记，并出版了专著，为国内外野马保护事业提供了第一手资料。她8年多时间写下的日记，记录了野马自然状态下生存、繁殖、婚恋、疾病等所有方面，成为日后我筹拍《野马》电影剧本的珍贵素材。

每次去新疆，看到桀骜不驯的野马在赫凡那里顺服的样子，特别是听到欧洲、美国的野马专家都不由得“嫉妒”赫凡与野马的感情，我就为中国能有这样的奇女子而自豪起来。

如今，在这个草木苏醒的春天，听说赫凡关于野马题材的诗集就要付梓问世，我这个野马迷怎能不为老朋友的成绩高兴万分?

“梦中就与你相识/我黑色的天马/高大矫健的天马/循着你的身影我来到这里/带着你的灵气我来到这里/让阳光将我晒成你的颜色/直到灵魂也变成你的颜色！”她在《天马之梦》中，开始了对野马忠贞的初恋。

“你为生命而歌/你为自由而搏 你是滚滚红尘中/生生不息的自由精灵/你是 浩瀚大漠中/傲骨铮铮的真心英雄”在《奔腾的歌》中，她为野马群体塑像。

“围栏已把你围得过于困倦，生命的尊严也被撕成碎片”她为“野马公主”鸣不平的句子让我流泪。

冰雪已经融尽
天山越来越俊朗
树儿正萌发着新芽
刚露头的青草散发出诱人的气息
淡淡的暮霭中
我看到一对野马相依相偎

它们的鬃毛披着金色的霞光
正互相为对方轻轻梳理着皮毛
动作是那么的和谐一致
又是那么的专心致志
仿佛此时此刻
全世界就只剩下它们两个

这样的神来之笔，若非出于相濡以沫的观察，一定来自天山之巅诗情的喷发。

每到新疆，赫凡成为我的联络员，我们姐妹俩总是有些悄悄话。今天读着赫凡的这些诗行，不由让我想起第一次见到赫凡时的情景，那时她还是21岁天真烂漫的姑娘，戈壁生活20载，赫凡早已经不再怕野马，而是亲昵地喊着每匹野马的名字，就像招呼自己的孩子，不知何故，每当看到这里，我都流泪不止，不知道是为野马，还是为赫凡那普通人身上流露出的伟大博爱。

真正关注人类生活情感视野的文化产品才能走向世界，没有生活的无病呻吟正被这个时代淘汰。也许是我们都痴情野马、也许是我们有共同的创作倾向，与赫凡的感情渐渐日增。

今天，如火的诗情从天山照到祖国的心脏。我在北京祝愿，赫凡的诗集如地层深处的火山岩浆喷薄文坛全地！

是为序。

赵小玲

2015年4月1日于北京

赵小玲

北京大学文化产业研究院研究员；北京《纳税人报》社长、总编；北京天际远景文化传播有限责任公司董事长；正在为野马重归故乡30周年筹拍的《野马》电影出品人、制片人；内蒙古作家协会会员，中国国际税收研究会理事，中国财税法学研究会理事。出版散文集《起起落落女人心》《短暂的美国之旅》等，其中《我是寒星》获国家“五个一工程”奖。曾在全国各类报纸和杂志上发表作品160余篇。

代序二 Preface

# 科学诗歌的异彩

科学是理性的，诗歌是情感的；科学是严谨的，诗歌是浪漫的；科学是抽象思维，诗是形象思维，而科学诗歌，就是把诗与科学结合起来，用优美的诗语言和意象描绘科学世界、传播科学知识、表现科学精神、启迪科学思维。我国现代科学诗的发展始于“五四”时期，而真正自觉的艺术创造是新中国成立初期，那个时候，科学诗一度大量涌现且达到繁荣景象。但经历曲折之路后，近些年来，科学诗歌的创作在科学文艺中寥若晨星。

当张赫凡女士把《野性的呼唤》文字稿呈现在我面前的时候，我着实吃了一惊，细读之后，不禁欢喜。因为，这是一本科学美和诗歌美兼备的佳作，值得广大读者阅读和吟诵。为这本科学诗集惊喜的同时，我又不禁为之叹息，它可是众多文学作品中为数不多的科学诗选集呀！在中华大地拥有十几亿人口，科学技术如今已发展进步到了电子时代、网络时代、数码时代，我们是多么需要科学与文学艺术相结合的优秀的精神产品。

科学诗不是像其他诗歌那样力求把平淡的生活神秘化，科学诗是要把神奇的世界用简洁明了的语言明白地告诉读者。这位坚守荒漠戈壁20年，与普氏野马有着深厚感情的专业技术人员、科普女作家，她以敏感细腻的情感和独特的视角真实地描述了濒危物种野马重返故乡后的生存、繁衍和野放过程中的鲜为人知的种种故事，有野马家族有悲欢离合，有马与人的酸甜苦辣，更有野马赖以生存的浩瀚戈壁中的自然景观，为人们走进神秘而稀奇的野马王国开启了一扇门，同时展现了野马重返故乡30年来的风雨之路。作者尽量用形象的语言把科学内容说明白，用富于想象力的诗句把科学知识点展示成人们可以感悟到的意境。作者用真情呵护野马，与野马建立的深厚感情令人钦佩。

在这里也特别赞赏中国林业出版社的远见卓识，出版《野性的呼唤》一书是给那些在科学文艺道路上跋涉的科普作家殷实的鼓励。科学与文学的美丽相遇、科学与诗歌完美融合就是在培养我们民族的创造力。以科学诗人易感的心、理性的脑来感染公众，正是科学诗歌的异彩，相信会有更多的科普作家把科学文艺创作推向新的高度！

李丹莉

2015年4月8日夜

李丹莉

国家一级作家，少儿杂志科学童话专栏作家，新疆科普作协秘书长。创作的科学诗集《贯穿沙漠的神奇丝带》、科学童话小说《回家》荣获优秀科普作品奖，科学童话《木杨杨的烦恼》《大红鱼的心声》入选国家东风工程，荣获全国第三届优秀科普作品图书类银奖，编著青少年系列科普读物《我的未来不是梦》荣获第20届中国西部地区科技图书一等奖。所著作品连续四届荣获新疆优秀科普作品奖。

李丹莉创作的科学童话不仅被翻译成维吾尔语、哈萨克语等多种少数民族语言，还被翻译成英语、俄语等，走到了海外读者的视野中。2014年11月，中国科普作协成立35周年之际，李丹莉作为新疆唯一一位科普作家受邀参加座谈会，受到国家副主席李源潮的接见。

# 目录

Contents

目录 Contents

# 目录 Contents

目录 Contents

## 㔷 自然生态篇

# 一

# 野马篇

# 腾飞吧，野马

——致野马重返故土三十周年

野马呀
一眨眼
你已回家三十年
三十年
仅是你六千万年生命长河中
一朵小小的浪花
一朵死而复生的浪花
一朵怀抱黎明 手握朝阳的浪花
一朵闪耀着宝石之光的浪花
这朵浪花的盛开
恰好等于你生命的一个轮回

野马啊
三十年的风雨中
走向自由的大门向你开启
回家的路从异国折回了故乡
家族复兴的旗帜在向你招手
你不必再苦苦流浪
无论锁链有多沉重
无论路途是怎样的山重水复
你终归踏上了回家的路
用你的铁蹄叩响了祖国辽阔的大地
用你嘹亮的嘶鸣奏响了重生的凯歌

救赎的路上
保护者的足迹前仆后继
他们把人生最美的三十年
献给了你
他们用自己的血与泪
洗刷着人类对你犯下的罪

你那贲张的血脉里
激荡着一条奔向自由的大河
与历史的礁石冲撞

与高大的围墙冲撞
与人类无度的贪欲冲撞
激起了千层万层的浪

那一张张拯救者的面孔
那如刀的风霜
那旷世的寂寞
那些泥泞
那些不眠的夜
那些匆匆的相聚与依依的离别
那与你相守的相伴的日日夜夜
都在你的泪花中闪烁
回放
低吟
如一首歌
一首青春之歌
一首充满大爱的歌
一首与自由魂灵一起奔腾不息的歌

腾飞吧
野马
你的脊背
不要总背负苦难
请背上蓝天
背上白云
背上一个
灿烂的春天

# 天马之梦

梦中早就与你相识
我黑色的天马
高大矫健的天马
奋蹄嘶鸣的天马

循着你的身影我来到这里
带着你的灵气我来到这里
巍巍天山
茫茫戈壁
一个荒凉小站

你是我的挚爱
你是我的精神
让阳光
将我晒成你的颜色
直到灵魂
也变成你的颜色

# 而这一切，却不属于它

自由的模样
只有失去自由的生命最清楚
就像困在围栏中的野马
每一个清晨醒来
就看见自由布满天空
站在云端
或鹰的翅膀上望着它
在朝阳的光线上蹦蹦跳跳做着早操
而这一切，却不属于它

马儿低下头
又见自由铺满大地
从脚下直铺向天际
野驴 黄羊的蹄子
老鼠的尾巴 狼的牙齿及野兔的唇上
苍蝇 蚊子 蜜蜂的嗡嗡声中
还有飞雪 飘雨 喧腾不止的河流里
全是自由奔跑的身影
像空气一样包围着它
而这一切，却不属于它

夜晚来临
自由又跳入星星的眼中
密密麻麻地在夜空中闪耀
马儿抬头张望
如同望着繁花开在别人的世界
如同一片荒芜的土地
望着万亩良田中丰收的庄稼
望得脖子酸疼
望得心儿碎落一地
只有钻进梦里
去把自由拥抱

风儿把自由
投进野马的草料里
投进野马的水槽中
马儿拼命地吃
拼命地喝
结果却消化不良 积食
仿佛肠子也被一道道锁链
牢牢捆绑

# 野性的呼唤

一重重的围栏
一代代的驯养
野马血液中奔腾的野性
那最天然的原色
最本真的自我
如一座城的沦陷
　河流的冰封
　草木的枯败
抑或像是谁
把一颗颗炸弹
深深埋在了地下

准噶尔大地母亲
为呼唤失散多年的野马孩子们
已嗓音嘶哑
沧桑而憔悴的脸上
流淌着乌伦古河
在异乡流浪百年的野马呀
你可听得到故乡母亲泣血的呼唤
你慈爱的母亲
她正张开双臂
在期盼和迎接你的到来
她的每一个毛孔
都在日夜大声地把你呼唤

呼唤你快快回家
呼唤你重振家园
呼唤着你生命的春天
在母亲的怀中再次撒欢
呼唤着你胸中的尊严
重新傲立成巍巍的天山
呼唤着你的野性
如火山喷发
似长江黄河
滚滚奔腾向前

# 马儿呀，请擂响春天的鼓

马儿呀，请擂响春天的鼓
脱去紧裹于身的冬的皮袄
卸去背负的百年耻辱
扬起你低垂的头颅
你的目光
曾无数次
追着自由之神
冲向天际
你的心儿
曾无数次
驾着云朵
在蓝天中疾驰

可你的身体
却交付给了
锁链和栅栏
如堕落的天使
被憋屈包围得
无路可逃
你的血
你的蹄
你的脊梁
你的一切
本应属于春天
属于春天辽阔的原野

春天的鼓
已向你坦露胸怀
比天地还要宽广
它已沉默太久太久
—如火山
正等你
等你去擂响
马儿呀
请扬起你的铁蹄
扬起你深陷于围栏之中的铁蹄
扬起你深陷于黑暗之渊的铁蹄
将春天的鼓擂响

擂响回归的鼓
擂响自由的鼓
以春洪之力
以最强之音
让阵阵鼓声
响彻蓝天
在历史的回音壁
回荡不止

# 断脐之刀

如果大自然只如慈母
只有阳光和雨露
只是永远扶着孩子们走路
如饲养员般给野马们喂吃喂喝
细心地把它们照顾
那野马将不为野马
将永远如温室中的花草
或是温顺的羔羊
野性一点点流失
依赖性日渐增长
长成另一道围栏
比有形的围栏更高大
比钢铁的围栏更坚固

大自然风霜
冰雪 酷暑 干旱
还有成群凶恶的野狼
才是打开野马野性之门的金钥匙
是呼唤和训练野马回归本性的严父
是切断野马对人的生存依赖的断脐之刀
那来自严父内心深处最深切的呼唤
如狂野不止的漠风
正从远古的旷野呼啸而来

野马呀
你们的严父在你耳边的声声呼唤
你们听到了吗 听懂了吗
你们看呀
那宝刀已经出鞘
闪闪亮光映照着天山
映照到祖国的心脏
它正在重塑你们的钢铁脊梁
正在帮你们拾回丢失的野外生存技能
拾回生命的尊严
拾回骨子里的桀骜不驯
拾回真正的自己
正在把真正的野马打造

# 马蹄敲打青春的天空

一匹匹的马儿
总会向我奔来
奔进我的梦里
用黑眼睛开启
我记忆的闸门
让我一次次去触摸
远去的岁月之河的脉搏

又嗅到
苜蓿草 泥土 马粪的味道
又看见
天山 戈壁 红柳 驼驼刺的身姿
又听到马蹄声阵阵
敲打着青春的天空

忽地会敲落
一场漫天的飞雪
或是绵绵的细雨
而云儿
从来不会喊痛

马儿一直在朝我走着
走近又走远
走远又走近
却总走不出一场梦
走不出一场
无言的诉说

# 我听到了你的呼唤

被囚禁的野马呀
我听到了你的呼唤
所以我的心走到了我的前面
以不可预知的速度
早早到达了你的身边

被囚禁的野马呀
我听到了你的呼唤
呼唤中滴着血 滴着泪
一滴一滴
从星星的眼里
一直滴到血红的太阳心里
仿佛要把全部的生命
都要滴尽

被囚禁的野马呀
我听到了你的呼唤
于是我也要大声地
呼唤你的呼唤
用我的心 我的爱 我的笔
向世界高声地呼唤
在黑夜里呼唤黎明

被囚禁的野马呀
我听到了你的呼唤
更多的人也听到了你的呼唤
于是他们纷纷向你奔来
快马加鞭
匆匆赶赴救灾现场

被囚禁的野马呀
我听到了你的呼唤
你可知道
命运之神
一方面让你糟透
另一方面总会把你眷顾
这汹涌而来的爱的海洋
一定会还你生命以春天

# 拯救了你也就拯救了我自己

野马呀
你的世界就是我的世界
狭小或辽阔
沉浮与起落
都与你同步

我也是茫茫人海中
一滴并不纯净的水
沾染了病菌和灰尘
濒危的马儿呀
我在拯救你时
不断地净化着自己
拯救了你
也就拯救了我自己

我的每一份幸运
都缘自
把青春放在了你的背上
与你一起搏击旷野

我的每一份疼痛
都缘自
你内心深处废墟中
碎裂瓦片的嘶哑呼喊

野马呀
如果你是一首
流动的旋律
我定是旋律中
与你心脏一起跳动的音符
如果我是一个歌者
我会用我的一生
为你歌唱

# 我拿什么来拯救你

我的野马朋友
站在你面前
我并没有觉得自己比你高
即使你只是刚刚出生的小马驹

可你和我
谁更需要拯救
谁又在拯救着谁
谁能知晓

假如不同你一起落入谷底
假如不曾死过
我真不知如何抵达你内心深处的绝境
更不会知道该拿什么来拯救你

做一个会说话的“野马”
说出你想要说却无法说出的话
或许是我对你最好的拯救
也是对我自己的拯救

# 依然想投入你的怀抱

依然想投入你的怀抱
做你怀中任意撒欢的小驹儿
用清脆的嘶鸣
迎来每一个黎明

那些飞沙 走石
嚣张的怒涛
肆虐不止的风暴
席卷世界的寒流
无不在你的微笑里
——熄灭

你从不去抗拒
星星钉入天空
云被扯成碎片
的疼痛

你的眼睛
被一场场的雨
清洗得那般澄澈
清澈的眸子里
有一片蓝色的海洋

每当你的目光
阳光般穿透
我的心灵
那些疼痛
会灰溜溜地
自动逃离
一切的波澜
和狂躁不安
会即刻休止

辽阔博大的戈壁
整个世界走上一遭
我依然想投入你的怀抱
在你的怀抱
我甘愿做一株小草
迎风而舞
昂首 欢笑

# 相依，没有终点

旷野中
马儿的
简单心灵
乌黑的眼睛
我一遍遍地在回望
如同望着我的宝贝儿子
如同望着我渐渐远去的青春
就似饮下一瓢清凉
饮下一瓢宁静
饮下无尽的思念

一道亮光从暗夜划过
一道箭影从梦中飞过
于是
缘起
起自相似的心灵
起自相同的命运
相逢
无言也牵魂
相依
只有起点
没有终点

# 黑眼睛与黑眼睛的对望

我坚信那曾是一段幸福的时光
而不是寂寞所致的癫狂
黑眼睛与黑眼睛的对望
是星球与星球的碰撞
是浪花与浪花的击掌

低眉 举首 回眸
在相望
清晨 黄昏 梦中
在相望
在原始的洪荒
在云端 在林间 在旷野
黑眼睛与黑眼睛在对望
心灵如一马平川的戈壁般坦荡
远离尘世物欲的狂澜和喧嚷

黑眼睛与黑眼睛的对望
象轻风无声地抚过大地
而心与心的话语
全在目光中一览无余
我怀念这段幸福的时光
与野马相望的时光
而不是曾一次次地想要逃亡

# 野马公主，请别哭

野马公主，请别哭
当你的伤口裸露出白骨
当伤口吐出的血肉沾满泥土
当你血流汩汩
如咯血的夕阳把半边天空染红
你那还贪恋你奶水的小马驹
那个难得一见的小小大孝子
不正为你舔着伤口如母牛舔犊

野马公主，请别哭
当你瘦弱得随时被风都会吹倒
当你三脚架般拖着残肢
当你拼尽力气，喘着粗气
好不容易向前迈出一步
你那还不谙世事的小马驹
那个难得一见的小小大孝子
不正步步把你小心搀扶

野马公主，请别哭
当你在重创中轰然倒下
当你的吃喝都需要人照顾
当满天的星星为你落泪
当风儿闻讯也为你痛哭
你那深深依恋着你的小马驹
那个难得一见的小小大孝子
不正时时时刻刻把你守护

# 永远的公主

高傲美丽的野马公主
十二年了
你那无数次安抚我心灵的温存目光
如今已变得那样哀怨和无奈

叹息 无尽的叹息
从你躺卧在地的病躯里发出
你幼小无知的孩子
正低头吮吸着你干瘪的乳头

每一次的站立
像是有两只巨手把你搀起
你咬紧牙关 步履缓缓
就像拄着拐杖的老妇

风华正茂的你
已比与你一起的两匹老马还要老态
围栏已把你围得过于困倦
生命的尊严也被撕成碎片

今年的雨水出奇的丰盛
就像你双颊的两条河流不曾干枯
如果今生你就只能这样含屈而去
那么来世一定要做一只大鹏
搏击长空

你是永远美丽骄傲的公主
你离去的那天
长风用纤指弹奏着红红的落日
我看见你变成一个
寂寞大漠中独舞的仙女
风沙中飘曳着洁白的长裙

你飞旋而舞
舞动成盛开的白莲花
微笑中含着晶莹的泪珠
在无比绚烂的晚霞中
渐渐消隐

# 诗意的魂灵，不会死

与我相伴多年的马儿
一个个离我而去
如落叶纷纷

但我相信
它们奔放的生命
诗意的魂灵
不会老
也不会死
有如一条条河流
奔向了永生之海

即使离开
它们青春的容颜
也会在文字的国度
或是一幅幅画中
长开不败

也许是换了一副行头
去了另一个世界旅游
周游一圈
它们一定还会回来
因为生命是一个圆
走也走不完

# 野马的体内有一条笔直的路

不同于身外坎坷的回家之路
野马的体内有一条笔直的路
直直通向故乡
通向自由辽阔的大草原

碧草鲜花一路飘香
蓝天白云一路相随
人世间的一切美好
都在路上奔驰

这条道路坦坦荡荡
没有一点弯弯角角
即使一辆火车迎面呼啸而来
马儿从来不会躲避

野马的所有心事
都明明白白地行走在路上
人们一旦踏上这样一条路
心里的重荷和垃圾一定会倒个干干净净

# 奔腾的歌

从六千万年前的远古奔来
从天山脚下亘古的荒原奔来
从流浪百年的异国他乡奔来
从魂牵梦绕的准噶尔故土奔来
一群群死的活的野马全都鲜活地奔驰而来
一群群老的少的男的女的野马都滚滚而来

带着说不尽的悲欢离合
带着道不清的爱恨离愁
你为生命而歌
你为自由而搏
你是
滚滚红尘中
生生不息的自由精灵
你是
浩瀚大漠中
傲骨铮铮的真心英雄

列强狼群
围栏锁链
怎能阻挡你前进的脚步
怎能困住你奔腾的梦想
怎能锁住你对爱的渴望
多少屈辱
多少伤痛
不都在你的铁蹄下
灰飞烟灭
不都随着你的嘶鸣
冲向九霄

几度风雨
几度沉浮
多少次你在死亡线上
苦苦挣扎
又是怎样在绝境之中
复生壮大
马年的春天
你踏雪而来
万马奔腾中华大地
浩浩荡荡
龙马精神
奏响生命的凯歌
向着复兴之梦
奔腾不息

# 马儿飞驰

马儿飞驰
驾着白云朵朵
披着灿烂霞光
飞跃时光之河
在碧蓝的空中
在辽阔的原野
在人们依依的目光中
马儿飞驰
如箭似电
扬蹄昂首
奋勇向前

马儿飞驰
那矫健的身姿
渐渐告别人们的视线
只见那飞扬的长尾
像挥别的手
在不停摆动
如舞动的长袖
在飞雪中飘逸
柔情的波浪
正漫向逝去的时光

马儿飞驰
那有力挥动的长尾
打去了苍蝇
打去了蚊子
扫去了一年的尘垢
扫去了一年的伤痛
让人们
清清爽爽
欢欢喜喜
迎接新的一年

# 马闲雪花落

野马用火热的爱情撞击了春夏
又用灿烂的笑容拥抱了秋的硕果
冬来了
终于该好好休息了

雪花最善解人意 马意 万物的心意
悠悠然地飘舞了起来
厚厚地堵在门口
严严实实地封了路

让人们生起火炉
盖上暖被 做一冬的美梦
也给野马的爱情划上休止符
让它们为来年春天积蓄能量

呵 马闲雪花落
落得很柔很美很温情
马儿们在静静倾听
雪落的声音
把野性仿佛都丢进了雪里

# 野马奔腾在天山网上

冬天
野马的爱情之为熄灭
生儿育女的繁忙也告一段落
迎来了一年最悠闲
最沉寂的时光

而马年的冬天
野马却从天山脚下
奔腾到了天山网上
踏着键盘
一展它们的勃勃英姿
吼出它们心中的渴望

它们仿佛知道
网络比它们的天地要宽广
网络的声音比它们的嘶鸣要嘹亮
会把它们的心声传遍世界
会把黎明的曙光带到它们回家的路上

# 文字的绿野自由无疆

野马所有想要说的话
所有的喜怒哀愁
都通过文字的亮嗓
向全世界播放

野马的前世 今生 未来
生生世世的遭遇
都在文字的心里
烙上了永恒的记忆

文字是野马最辽阔的草原
飞奔吧 野马
文字的绿野自由无疆
它定会把你带向爱的天堂

# 英雄暮年

退役和衰老
又有谁能躲得掉
无论过去有多么辉煌
无论青春曾是怎样的飞扬

春回大地
雁声阵阵
又是一个恋爱的季节
被淘汰的命运
却如从天而降的巨石
突然袭来
让这位来自美国的王者
让这位在帝王宝座上坐得最久的王者
让这位叱咤风云大半生的英雄
头晕目眩
不知所措
他还来不及思考
就已被棍棒赶出家门
被赶入了光棍汉的群中

与妻儿们分别的惊慌还未平定
他的几十个儿孙们就向他围攻而来
光棍群的几十个公马
是野马中最郁闷的一族
王者们妻妾成群
儿孙满堂
而光棍们却只能在铁门边
眼巴巴地守望
满怀的嫉妒像座火山
解恨的机会终于来临
为了消去心中的怒气
为了保卫自己的领地
为了排除异己
或许儿孙们早已忘记
他们的身上流淌着美国马的血液
当美国马踏入他们的领地
他们浪潮般地向他袭来
硝烟滚滚
杀声阵阵
“得得”的蹄声
如擂起的战鼓

美国马所到之处
不论是大铁门前的总头目
还是各个分领地的小头目
都纷纷率领部下
驱赶他
追咬他
他逃啊 躲啊
偶尔也会扬蹄还击
但无心恋战
只是不停地冲向他刚刚冲出的那扇铁门
想再冲进去与妻儿们团聚

该吃草时
战火才算平息
伤痕累累的美国马

终于获得片刻平静
儿孙们大口大口地享受美餐
却不让自己的父亲或爷爷吃一口草
不让他喝一口水
他只有远离他们
独自来到大铁门边
孤独地张望徘徊
忍受着饥渴和伤痛
他透过铁门缝
张望原来的领地
张望他的妻儿们
张望他十余载的辉煌
张望他不可能再拥有的一切
时而会愤恨地冲撞铁门
时而会发出哀痛的嘶鸣
时而会焦急地来回奔跑
直到他的儿孙们吃饱喝足
过来赶走他或又一顿毒打

年迈的美国马
不禁老泪纵横
把一生中从未真正抬起过的头
垂向夕阳
而他的儿孙们
没有一个同情他
没有一个可怜他
没有一个亲近他
没有一个照顾他
他们只会嫉恨他
嫉恨他曾有过的甜蜜爱情
嫉恨他曾有过的温馨家庭
嫉恨他曾有过的王者地位
而这些是他们中的绝大多数
终生不会有的
也许他们甚至会憎恨他生了他们
与其不自由
与其受人摆布
与其不能爱
不如不来到这个世上

功勋卓著的美国老将
终将在被厌弃和无尽的孤独中
终将在一生也走不出的围栏中
耗尽最后的生命

# 英雄母亲

从东德回归故里的你
当时还是一个未成年的美少女
苗条的身材
优雅的气质
黑亮的双眸
引来多少艳羡的目光

回家一年后
你嫁给了从英国归来的王子
英俊高大的飞熊
成了它最宠爱的皇后
从一个娇羞的美少女变成了幸福的少妇

中国第一野马
吉祥如意的红花
是你的第一个孩子
举国上下为之激动
人们高兴得载歌载舞

你为家族的复兴
你一次次在挣扎在生死边缘
一次次忍受着分娩的剧痛
生出一个又一个健壮的孩子
你是对野马家族贡献最大的功臣
因此有了英雄母亲的称号

你用你甘甜的乳汁
含辛茹苦地哺育着你的孩子
你默默无言地为它们遮风挡雨
炎炎夏季你忍受着烈日的炙烤
站成一棵大树
让你的孩子在你的阴凉庇护下
伸展四肢呼呼大睡

看上去温文尔雅的你
一点容不得孩子受半点委屈
你的孩子刚出生时

如有其他马或人靠近
你会立刻变成一个强悍的勇士
奋不顾身地向来犯者发起攻击

再美的花儿总有凋谢之时
当你老了
当你步履蹒跚
你告别你的孩子
告别你过去的辉煌
在游客的目光下
慵懒地度过你的晚年时光

你也算是一个寿星
当你寿终正寝
你已在围栏里度过28个春秋
接近于野马30岁的寿限
你创造了新疆野马的高寿纪录

可敬的英雄母亲
你的一生就这样匆匆而去
你的一生从未走出围栏
你留下了多少最优秀的血脉
也留下了终身未了的心愿

伟大的英雄母亲
你的名字叫布鲁尼
人们永远都不会把你忘记
你的丰功伟绩
将永存你家族发展的史册里

# 淡淡的暮霭中，我看到一对野马相依相偎

冰雪已经融尽
天山越来越俊朗
树儿正萌发着新芽
刚露头的青草散发出诱人的气息
淡淡的暮霭中
我看到一对野马相依相偎

它们的鬃毛披着金色的霞光
正互相为对方轻轻梳理着皮毛
动作是那么的和谐一致
又是那么的专心致志
仿佛此时此刻
全世界就只剩下它们两个

它们一会儿又肩并着肩
头颈相挨着一起低头吃草
脖子弯曲成一对优美的彩虹
沙沙的咀嚼声
在静静的暮色中如波荡漾
像是一对恋人在悄悄低语

时光仿佛就在此刻停留
空气也变得醉意朦胧
星星闭上了眼睛
月儿躲到了云的怀里

# 野马光棍

假如是一比一的婚配比例
必能配出无数对幸福的姻缘
而一比五六或七八的男女比例
早已把野马光棍们的命运注定

头领的宝座还滴着鲜红的血滴
挑战者仍在为美人的一瞥拼命
即使拼得王者的宝座
也不能够拥有成群的佳丽
只能像一座火山
痴痴地守望着铁门那边的美人
从早站到晚
从春站到秋
它对爱情的渴望
烈日和风霜都不曾阻挡

任那热血汹涌澎湃
任那怒火熊熊燃烧
那位发了疯的王者
对阻隔它爱情的铁门
恨得咬牙切齿
它常向着铁门狠命地冲撞
它常对部下们拳打脚踢
哪怕撞得肢残颈断
哪怕打得头破血流
终究也跨不过那道
那道可恨的围栏

生命的根已烧成黑炭
野马光棍们用那黑色的棍子
使劲抽打着自己
看看自己是否已在
比死亡还难受的痛苦里
麻木

# 野马的黑眼睛

最爱看
你的眼睛
那是一对
黑黑的眼睛
大大的眼睛
亮闪闪的眼睛
水灵灵的眼睛
在那深不可测的眸子里
装满了百年流离的沧桑
充盈着驰骋荒原的渴望
闪烁着孩子的天真
流露出脉脉的温情
年年岁岁
岁岁年年
就这么
久久地
久久地
与我对视
直到分不清
是你的黑眼睛
还是
我自己的眼睛

# 送别野马去蒙古国

群山无语
泪光中闪烁着你远去的踪影
白云涌来
欲追随你至海角天涯

奔向蒙古大草原的马儿呀
为何不带我一起驰骋旷野
一起吞云吐月
傲笑西风

既然你已去了远方
我的心儿怎么可能待在自己身上
你可知道
无论异国还是他乡
我的爱将随你一起
落地生根
遍地开花

既然已坚定地选择与你相依
家园复兴
万马奔腾
还会远吗

# 你在他乡还好吗

奔向蒙古国大草原的野马
年轻英俊的野马王子
你在他乡还好吗
是否思念故乡的原野
是否想念故乡的伙伴
是否适应他乡的水土
是否依然高大健壮
是否依然英勇善战
是否喜欢他乡的碧草
是否在他乡找到了爱情

故土虽好
可是你有可能打一辈子光棍
一辈子孤苦伶仃
一辈子无缘自由
一辈子与爱情擦肩
一辈子英雄无用武之地
因为与你相同的血缘太多
对你的家族来说这是一种危机
一种会导致种族灭绝的危机

我们多么舍不得你走
可我们不得不让你走
这是你第一次走出国门
是我们高兴地把你送走
也是蒙古国友人高兴地把你接走
因为我们深知
国际种源大交流
是你家族复兴的必经之路

奔向蒙古大草原的野马
年轻英俊的野马王子
你在他乡还好吗
蒙古国草原的水甜吗
蒙古国草原的景美吗
那里是否还是一片净土
没有人类功利的开发
没有世俗杂念的侵扰
我多想亲自去那里看你
我多想日夜与你相守
多想与你一起回到草原的怀抱
草原的风
草原的景
也是我梦中的仙境啊

# 致天马王子

我不希望你永远这么
默默无语
而应像条巨龙
腾飞在世界东方
昂首嘶鸣
奔腾不息

尽管在梦中千呼万唤
再也寻不到你矫健的身影
但相信你爱的目光
从未离开过我的身旁
未离开过我的病床
未离开过我一次次流血的伤

不然
我如何挺过泥泞的岁月
挺过无数个黑夜
又怎会一次次化险为夷
绝地逢生
又逢一个马年的春天
你是否还会进入我的梦乡

# 致野马“雪豹”

就在那个最狭小的场地内
就在那干硬的地面上
就在你生前常吃草休憩的地方
就在你常驻足聆听墙那边伙伴声音的地方
就在你永远倒下的地方
枯黄是那里永恒的色调
可是就在你刚刚离去的春季
那里竟冒出了一片耀眼的新绿

如今这片绿草已没过膝盖
可是你的身影何在
莫非是在草间安睡
我跑过去寻你
惊起了草间的鸟儿
它们的叫声如同你的嘶鸣
草儿在风中低语
恰如你吃草时的沙沙声响
草儿的茎脉鲜红夺目
就像是你脉管中流动的血液

活着的时候
你是一位勇士
雪豹是你的名字
你骁勇无比
奔驰如电
一心想带领妻儿们冲向荒原
即使病残你也从未停止过战斗
从未低下王者的头颅
那干硬土地上的鲜绿
不正是你不屈的魂灵
不灭的愿望吗

# 谁说你孤单

失去了妈妈的小驹儿
请不要在哭泣中哀鸣
请不要郁郁寡欢
谁说你孤单
谁说你失去了爱

你看
千千万万个妈妈已向你奔来
无数双温暖的手正向你伸出
饲养员像保姆一样给你喂奶喂草
无微不至地把你呵护
上万名小朋友把你认养

给你当起了爸妈
给你捐款买吃买喝
让你健康快乐成长
还有许多的野马小伙伴们
时时刻刻陪伴在你的身边

失去了妈妈的小驹儿
谁说你孤单
其实你生活在爱在海洋
你在天的妈妈
一定会因此笑逐颜开

# 听，野马在呜咽

## （一）

我们曾是准噶尔荒原的骄子
我们曾是卡拉麦里动物王国的王者
我们奔跑起来如闪电
风儿远远不及
我们团结起来如堡垒
野狼也拿我们没办法
我们是多么自由快乐
我们的子孙后代生生不息

我们从来没有想到
我们最大的敌人居然是人类
普热瓦尔斯基的第一声枪响
就像突如其来的晴天霹雳
炸裂了我们命运的心脏
他们无情地将我们射杀
他们肆意地侵占我们的家园
我们命运的锁链被他们掌控
我们强大的家族就此走向衰落
我们是怎样在故乡消亡
又是怎样在异乡流浪
全都在记忆中打上了血腥的烙印
流了一个世纪的血泪感动了上苍
我们终于回到了故乡
依然是圈舍
依然是围栏
为何不能直接回到大自然的家园
清澈甜美的乌伦古河在哪里
雄伟挺拔的北塔山在哪里
围栏阻隔了我们的爱情
围栏臃肿了我们的身体
我们不断地向钢铁围栏抗击
哪怕头破
哪怕断臂
我们的心儿早已生出翅膀
日日夜夜向着逝去的天堂飞翔

## （二）

我们骄傲，所以我们自卑
当生命的意义只剩下被人供养和观赏的时候
我们常常把头埋得很低，很低
我们狂野，所以我们委屈
当奔腾的理想被挤退为巴掌大的时候
我们常常沉默地呆立 呆立

怅然远眺
那似乎永远不可企及的地平线
那里有鲜美的绿草
那里有甘甜的清泉
那里无比辽阔和安宁
那就是我们日思夜想的家园

望啊望啊，从春望到秋
想啊想啊，任泪流成河
不如麻木一下自己吧
吃了睡，睡了吃
吃得肥肥胖胖
睡得昏昏沉沉
本以为这样会忘记悲伤
本以为这样会放弃理想
谁知心中的渴望燃烧得更旺更旺

# 致野马王子

别后三年我来到了卡拉麦里
来到这一望无际的荒原来看你
听说你一年前就死在了这里
可是我没有亲眼所见
没有亲眼所见我为何要相信他们
况且他们也说不清楚你的死因
是为了保卫王者地位与挑战者拼杀
是为了保护家庭与狼群战斗
还是得了什么难以治愈的疾病
说不清楚我为何要信他们

可我的确没能看到你的身影
我跑向空落落的棚舍
我冲向一个又一个丘陵
我跑遍一座又一座山头
我向着荒原大声呼喊
我对着天空大声呼喊
野马王子，你在哪里

十年前初识时
你还是个活蹦乱跳的小马驹
天天啃我的衣襟
亲我的脸颊
听我说话
读我心事
跟前跟后
难舍难分
长大后
你凭智勇双全当上了公马群的头领
并继任第一批冲向荒野的野马头领
——你的兄长王者的地位
你打败了另一个对手
很快征服了所有妻妾
还杀死了兄长的新生后代

你的第一个孩子
——野外诞生的第一匹野马
——一匹真正意义的野马
在明媚的晨光骄傲地站起
发出了响彻世界的稚嫩嘶鸣
这个喜讯多么令人激动

这些年没能见你
是因相隔太远
而今天没能见到你
一定是你奔向了荒原深处
你怎么可能英年早逝
那一定是谎言
野外的马群已自然形成很多小家庭
它们正享受着自由的快乐
它们正恢复着原始的野性
它们走得越来越远
人们很难寻到它们的踪影
不
野马王子
你没有死
你就是那个最强盛家庭的头领
此时正与妻儿们在水草肥美处吃草……

# 被围困的爱情

嘶鸣愤怒地冲向天空
烟尘慌乱地狂卷荒野
野马爱的割裂与重组的悲歌
正在春天唱响

婚姻从一个围栏被驱赶
向另一个围栏
爱情从这道锁链被换上
那一道锁链
反抗的浪涛阵阵袭向铁栏
追赶者的高声棒喝
冲击着野马的哀鸣
被铁蹄打断踢弯的
不仅仅是粗大的钢管
野马那自由的心灵
正在扭曲变形中
痛苦呻吟

# 被囚禁的天使

你来自蓝天
常踏云飞驰
即使在人间
你也永属草原
被囚禁的天使啊
对自由的渴望
伴随了你
生命的每一天

# 内心的荒芜比草原辽阔

野马，野马
我知道你内心的荒芜比草原辽阔
你的失落比大海要深重
因为你失去了家园
因为你失去了自由
因为你甚至失去了你自己
无论你有怎样辉煌的过去
可如今你却屈辱地病卧于
生命的最低处

而你的自尊
你那高贵的自尊
从来不肯低头
正发出一声声沉重的叹息
叹息如阵阵硕大的冰雹
击落了春天盛开的繁花
坠地顿成殷红的血海

# 野马装箱

一个个木箱
是人们为野马量体定制的笼子
首尾相接
排成一条长龙
龙背上站着一排人
人人手里提举着一扇木门
等野马进入箱内
木门会闪电般咔嚓落下
野马就成了箱中的囚徒

在装箱之前
箱前箱内
放着诱马入箱的饲草
少数挨不起饿的野马
会迫不及待地上钩
一部分马会东张西望
试探很久
才小心翼翼地进了箱
可有些顽固狡猾分子
坚决不上人的当
它们团结地拧成一股绳
漩涡一样地旋转
拥挤成团地来回奔跑
与人久久对峙 僵持
当人们不得不来硬的
挥舞着棍棒去追赶
马群立刻炸开了花
有些直冲向人
有些冲撞铁栏
人们费尽周折
才将马强行赶入箱内

野马野外灭绝的命运
就是从装箱开始
它们从自由的天地中
被射杀
被猎获
被装箱
被运向天南海北
运入更大的围栏箱内
就这样
野马在大箱小箱中辗转
它们在箱中惊恐地踢打
它们在箱中愤怒地冲撞
它们在箱中痛苦地流血
直至在箱中哀伤地死去

# 野马公主的呼唤

去祈求空中的明月
去追寻天上的牛郎
去询问朝夕相处的野马
去打探匆匆的过客
请告诉我
我的王子在何方

雪花轻柔地飘落
风儿静静地吹过
仿佛在说
我怎么知道王子的下落

王子啊王子
你可曾知道
你的爱人正在经受苦难
她在把你声声呼唤

# 王子归来

那些最初回国的王子们
只剩下步入中老年的美国马万顿
独挑着种族繁衍的大梁
近亲繁育的危机
像瘟疫一样在野马家族中蔓延
野马种族正日渐走向衰落
新血缘的再引入
已如火一般烧到了人们的眉毛

那二十多匹早该出嫁的野马美女们
浓浓的愁云密布了她们的心田
她们食不香，夜难寐
泪水如雨绵绵无期
满腹的寂寞不知向谁去诉说
她们整天抬头问明月
垂首问大地
王子啊，你究竟在何方

要感谢那位德国野马专家兹莫曼
她是那样善解马意
不辞万难给公主们专机送来了王子
送来了六四年轻英俊的德国马王子
经过了多少日夜的苦盼呀
六四王子终于飞来了
不远万里从德国飞来了
飞回了故土
飞到了一大群寂寞的公主身边
从此她们每天都在沐浴在爱河里
一个个变得无比的幸福和美丽

# 野马，我的心将与你一起在荒原上驰骋

十余载的日夜相守
十余载的风雨同舟
在这空旷荒凉的戈壁
我用最美好的青春与你相伴
我用最真诚挚的心把你关爱
你是我孤寂心灵的最大安慰
你是我茫茫荒野里的最好朋友

我亲爱的野马朋友
如今你就要远行
将告别围栏告别锁链
告别日夜守护你的人们
回到阔别百年的故乡
回到你真正的家园
投入大自然的怀抱
重新找回属于你的自由
重新抬起你高傲的头
在卡拉麦里广袤的荒原上
实现你奔腾的梦想
再现你勃勃的英姿

这是多么令人振奋啊
为了这一天
人们已苦苦祈盼了一个多世纪啊
多少年的流离颠沛
多少人的不懈努力
多少个不眠之夜
多少的汗水泪水
今天
我们终于盼来了
盼来了这奔腾的时刻

可是
我们又怎能舍得你的离开
就像养大的孩子要去远行
母亲的心里怎能不充满担忧
离别时
你在围栏里跑来跑去
你在送你去荒原的运马箱前
徘徊不前
当人们强行把你装进了箱
你又在箱里狠命地踢打
在箱里悲戚地嘶鸣
你也一样舍不得守护你的人们呀

我亲爱的朋友
不管多么不舍
你终究还是踏上了荒原
你终究还是绝尘而去
不管未来有多艰险
不管是否能够再相见
我的心都将与你同行
与你一起在荒原上驰骋

# 跑吧，跑吧

2001年8月28日的卡拉麦里——
空中的白云堆积得快要坍塌
像是弓弩手把弓拉到了极限
人潮如浪般汹涌
全世界都在翘首等待那激动人心的时刻
全世界都在屏息凝望着百年时光的倒流

关闭了一个世纪的铁门终于被打开
可是，那位王者
你为何要犹豫不前呢
尽管你的目光如炬
射向了无穷无际的远方
尽管你奔腾的愿望早已巨浪滔天
猛烈地拍打着即将决堤的岸
干嘛要来回徘徊呀，朋友
为何不快冲出去呀，朋友
是留恋那衣食无忧的生活吗
是担忧凶险未卜的前程吗
还是舍不得日夜照顾你的人们呢
是在聆听祖先的声声呼唤吗
是在寻觅先辈们勃勃身姿吗
还是在蓄积力量冲出起跑线呢

王者啊，你没有让我们失望
终于带着你的臣民们奔涌而出
伴着声声嘹亮的嘶鸣
告别无数颗关爱的心
你们终于像箭一样
射向远方
把滚滚的尘土抛在身后

跑吧，跑吧
把准噶尔大地擂得响声震天
跑吧，跑吧
量量这辽阔和原野究竟有多辽阔
跑吧，跑吧
把所有的屈辱都蒸发得一干二净
跑吧，跑吧
让埋在血液里的野性在大漠中飞扬
跑吧，跑吧
不管前途有多艰险全凭自己主宰
跑吧，跑吧
遇上野狼就把它踩个粉碎
跑吧，跑吧
跑出个扬眉吐气
跑出个辉煌明天
跑吧，跑吧
冲出去了就不要再停下来

# 开拓者之歌

第一批冲向荒原的野马们
你们是野马野放的排头兵
你们是搏击旷野的开路先锋
你们要经受严冬酷暑的考验
你们要抵御恶狼的侵袭
你们要与家畜争夺食物
你们要学会自食其立

你们不愿吃被家畜践踏过的草
你们被家畜侵略得四处奔逃
你们在大雪中迷失了方向
你们与狼的战斗中损兵折将
你们有的在大雪中冻死
你们有的因食不果腹饿死

你们的头领
那位英勇无比的王者
为了在茫茫雪野中找到食物长途跋涉
为了保护家族与狼进行了浴血奋战
又与前来挑战的家马进行了激烈搏斗
它那日益瘦弱的身躯
它那伤痕累累的身躯
它那疲惫不堪的身躯
它那曾是多么英姿勃勃的身躯
最终被无情的雪原吞没

带着无尽的留恋
带着未酬的壮志
这位英雄的先锋头领
永远地闭上了双眼
英雄的泪水冻结在眼角
如珍珠一般闪耀着璀璨的光芒

荒原的狂风在无休止地哀哭
大片大片的雪花洒向了开拓者的尸骨
多灾多难的野马呀
你们在回家的路途
究竟要历经多少坎坷多少险阻
才能成为真正的自由之主

关键的第一步已经迈出
野马开拓者们
你们在为自由而搏
你们在为后来者铺路
就算刚刚起步
你们就把宝贵的生命付出
比起永困围栏的屈辱
你们也是死得其所
死得光荣

如果有一天
你们那飞向了自由天堂的魂灵
看到了后继者的成功
你们一定会对自己的付出
感到无比的欣慰

# 一轮金色的太阳
# 正从东方冉冉升起

卡拉麦里广阔的原野上弥漫着泥土的香气
草儿披着露珠还带着朦胧的睡意
风儿轻声细语
蓝天拥抱着大地
一轮金色的太阳正从东方冉冉升起

一个小剪影
正扶着金色的光辉颤颤巍巍地站起
旁边的大剪影
正亲昵地舔着它的孩子——
野外出生的第一匹小野马

经历了百年的屈辱后
野马子孙后代又在故土上站起
就像风雨后的彩虹
挂在湛蓝的天空
这是多么令人惊喜

风儿把这个喜讯带向四面八方
鸟儿们也欢呼着把歌儿唱
希望的火焰在人们心中越燃越旺
小马驹稚嫩的嘶鸣就像那金色的阳光
穿透了层云把整个原野都给照亮

# 死神的黑飘带

## （一）

死神把一条
长长的
黑飘带
在野马的家园
套马索般悠然抛下
像是一个妩媚的舞女
在野马的必经之路上
扭动腰肢
把黑色的裙袂旋转
成飞速的车轮
招引着
那些眩晕了的灵魂
为她献上血红的鲜花

## （二）

贪婪的黑飘带
终于勒住了野马的咽喉
在勒死无数个哦喉羚之后

一连四匹自由的生灵
在车轮下殒命
才不足一个月的时间啊
鲜血淤堵在保护者胸口
就要窒息了呀
死神怎么还不肯放手?

## （三）

另一种狼群
在黑飘带上游荡
眼里飞出的毒镖射向夜的心脏
没有狼的狰狞面孔
却比狼更阴毒

成千上万的车辆
你这变了形的狼群
密集如云的游客
是你投向野马的麻醉弹

麻醉弹用放大千倍的好奇
将野马的危险意识麻痹
所以
无须搏杀
它们就送命于你的足下

# 巨浪拍打着黑色的2007

野外四匹新生的小马驹
四轮刚刚升起的小太阳
刚刚倒在了车轮下
相伴十载的野马丑小鸭
又被撞飞在马路边
被撞得粉身碎骨
在血泊中瞬间殒命
魂飞魄散

人们还未从巨大的悲痛中醒来
一场瘟疫又接踵而来
围栏里的野马全被感染
被病痛折磨得失去了往日飞扬的神采
有好几匹野马因此命丧黄泉
我亲手喂大的孤驹雪莲花
也未能幸免
多么珍稀的花儿
才刚刚当上妈妈不久的花儿
就这样在最美的一刹那凋落
那洁白美丽的花瓣儿
飘零在冷冷的秋雨中

黑色的2007
是野马损失最惨重的一年

我的泪呀
汇聚成了汹涌的太平洋
滔天的巨浪
悲愤地拍打着黑色的2007
一浪高过一浪

# 第一匹真正的野马

你来自遥远的德国
你不仅英勇善战
而且是头号种子选手
才成家一年
你的五位娇妻个个都怀了孕

第二年你告别了你心爱的妻儿
率领你的五位新娇妻
冲向了茫茫的卡拉麦里
你后来者居上
成了第一匹野放的外国马

才来野外一年
人们就很难找到你的踪影
你很快适应了恶劣的自然环境
你不断地拓宽着你的领域
充分释放着你埋藏在血液里的野性

当人们踏遍荒原
好不容易找到你的身影
你远远地见到人影就飞奔而去
闪电一样从人们的视线消失
虽然一年前在围栏你还舔着人的衣襟

你一定与野狼展开过搏斗
要不你的腿部怎么受了伤
你为保卫你的家庭英勇战斗
你的妻子一个个完好无损
你就是它们的保护神

你也在野外繁殖了后代
你的孩子的诞生是多么让人喜悦
生儿育女是你与生俱来的使命
这个使命在野外显得更加神圣
在危机四伏的世界发展壮大谈何容易

你最大的成功在于你的独立
你和你的妻儿不用依赖人类的补饲
就能度过漫漫的严冬
这是天大的喜讯
人们为此激动不已

你是第一匹真正的野马
第一匹成功恢复野性的野马
是一匹野放最成功的野马
你是野放队伍的奇兵猛将
你是保护者最大的骄傲

你的名字叫兰多
多希望其他野马也能像你一样
富有智慧和勇往直前的雄风和霸气
你是野马回家之路上最亮的一道光
让人们看到了野马成功回归的希望

# 大自然的孩子

围栏里的野马
从一出生就失去自由
过着囚禁般的生活
但作为一个小马驹
却是快乐无忧的
就像是温室里的花朵
每天有妈妈疼爱照顾
有爸爸的精心保护
吃了睡
睡了吃
衣食无忧
每天还可跟小伙伴们
一起快乐地打闹玩耍
围栏在它们眼里就像是不存在
似乎对它们的幸福生活并没有什么影响
仿佛生来就该如此

而回归了大自然的野马
这些大自然的孩子
必须从小就学会坚强
从一出生那刻起
就要学会
在危机四伏的世界如何生存
它们可能会被继父残杀
它们可能会命丧狼口
它们可能会被家马拐走
它们可能会在病痛中倒下
它们可能会在雪灾旱灾中死去
它们可能被车撞或者被猎杀
它们可能会被人类开发逼迫得无家可归
它们要与家畜竞争食物
它们要与同类争夺地位
它们要学会适应新的野外环境
它们要学会适应严冬
它们要学会适应酷暑
它们要学会在大雪中寻找食物
它们要学会在干旱中寻找水源
它们随时随地都要警惕周围的危险
它们随时随地都面临着生存危机
它们随时随地都可能失去生命

在大自然长大的野马
一生中能有几天是风和日丽
那狂风暴雨随时在它们身后追撵
血雨腥风教它们从小就要学会坚强
从小就要向苦难的命运不断挑战
它们的一生注定是拼搏的一生
它们的一生注定是英雄的一生
它们是大自然的骄子
它们是不羁的魂灵
它们才是真正的野马
它们才是真正的英雄

# 幸亏有野马扶着

扶着功勋卓著的建群老将
扶着坚忍不屈的野马王子
幸亏有野马扶着
不然
曾单薄如纸的我怎能
挺过风
挺过雨
挺过最泥泞的旅程

扶着搏击旷野的先锋大帅
扶着重振家园的少将飞龙
幸亏有野马扶着
不然
曾柔弱如草的我怎么
敢去拼
敢去搏
敢去最险峻的山峰

扶着吉祥如意的五朵金花
扶着多子多孙的英雄母亲
幸亏有野马扶着
不然
曾飘忽如云的我怎能
安下身
安下心
安下最躁动的青春

扶着美丽温柔的野马公主
扶着活泼可爱的孤驹雪莲
幸亏有野马扶着
不然
曾哀伤如雨的我怎会
感激天
感激地
感激最苦难的人生

# 致野马

如果这一场场风雨
这一场场卷走我好梦
这一场场凉透我灵魂
的风雨
是为你的出现而来
又是因你的出现而去
那么我愿意
愿意让
这风雨来得更猛烈些
猛烈地将我全部摧毁
然后
在你那里获得
灿烂的新生

# 荒野十二朵

当秋风羡慕地为果实而歌的时候
我已在荒野里守望了整整十二年
蓦然回首
除了丝丝凉意钻入记忆外
我不知道自己收获了什么
青春的荒芜比这荒野更加辽阔
唯有日记本中的那十二朵
干枯的花儿
宛如十二匹活蹦乱跳的马驹
一下子亲昵地
包围了我

突来的一阵雨把驹儿们打湿
带露的红色花瓣
就像少女哭红了的眼睛
让我禁不住怜爱地捧起
捧起这些红宝石样的花瓣
呈现给野马
呈现给野马黑宝石的眼睛
黑红相撞的夺目之光啊
带着原始的壮美
像是从火热的太阳中迸射而出
像是从汹涌的波涛中飞跃而出
那自由的冲击力
足以销毁所有的禁锢
那火红的花瓣
不正是我们为自由而沸腾的血吗

# 久违了，野马

一别就是数月
仿佛经历了几个世纪
你黑宝石般的眼睛
总在我眼里闪烁
在我的梦里浸润
你那黑漆漆的
闪耀着智慧之光的眼睛
仿佛能穿透黑夜的眼睛
究竟想要对我说什么呢

而就在见到你的瞬间
那种自由自在
那种亲切自然
那种宁静祥和
那种你我相融
的感觉
或许就是最好的答案
也是我们共同的语言
无需再多说
也无需再多想
久违了
野马

# 只想回到野马身边

被欲望的利剑击中
背负世俗尘念的巨石
只想回到荒野
回到野马身边
在冰天雪地里
在孤灯冷衾中
让心灵恢复
简单纯净
不再在都市的
纷繁复杂中
鲜血淋漓

# 只有野马依然守候在身边

有没有一个宽大的肩膀可以哭泣
有没有一个温暖的港湾可以休憩
血泪汹涌时
只有野马守候在身边

南来的雁
北去的云
都无影
亦无语

此时此刻
只有
守候了整个青春的野马
依然守候在身边

终点又回到起点
是否
灵魂的归宿
终究是
自己逃避了十几年的
最不起眼的那块圣地
和那位忠诚的圣者

# 感觉如你

痛苦难耐 孤助无依时
我总要不由自主地走向马舍
久久地伫立在野马身旁
看到野马
憨厚朴实 亲切可人 深知我心的模样
便感觉如你
如你微笑着向我走来
如你的爱扑面而来
为我驱除冬的严寒、夏的酷热
为我的黑夜点亮灯火

可是啊
我竟无数次地鄙视过你的土气
也常恼怒于你的困窘和失意
就像曾难以承受大戈壁的
荒凉与寂寞
狂风与烈日
贫困与闭塞一样
你有着野马般高贵纯洁的灵魂
有着大戈壁一样宽广的胸怀
所以可以忍受我马驹般肆无忌惮地撒野
和对你的一次次伤害

看到野马
便感觉如你
如你微笑着向我走来
如你的爱扑面而来
因为深爱着野马而深爱你
因为深爱着你而深爱野马
因为离不开野马而离不开你
因为离不开你而离不开野马
你是我生命中最深的依恋
我对你的爱像野马一样狂野

# 春姑娘打马而来

春姑娘打马而来
在北方的大草原
甩响阳光的长鞭
冰雪即刻消尽
甩响春风的长鞭
甩出遍野的新绿
甩出发髻的花环
落地即成花海
长发和马鬃一起飞扬
两湖碧水在马背上荡漾
春姑娘打马而来
马蹄声声飘香

# 春天，我看见野马的野性在发芽

春天
我看见野马的野性在发芽
就像正在出生的小马驹儿
把萌萌的小脑袋刚刚探向世界

尽管冬天还未走远
尽管风儿还唱着寒冷的歌
可那根植于野马体内
无数次在围栏中窒息枯萎的绿又冒了出来

绿芽儿 绿芽儿
多少人正在用心血把你浇灌
多少人正在盼望着你健康成长
快快长成无边无际的繁茂草原

# 爱的野马，奔驰在黄昏

遥遥相望的爱情
奔驰在黄昏
当晚霞在西天熊熊燃烧
大地蒸腾着朦胧的香气
爱的野马
从夕阳中飞跃而出
“的的”的马蹄声
在大戈壁踏响

马儿啊，快快跑
把疲惫甩给夕阳
把夕阳甩在身后
不要等到爱人心碎地
把泪珠洒满夜空
还见不到你的身影

# 动感五线谱

在明媚的春光中
像野马黑眼睛一样的
黑色精灵
一群群伶俐可爱的小燕子
每天都在马圈的电线上
摆出一曲《自由之歌》
的五线谱
欢快跃动的音符们
用清脆的歌喉
为被囚禁的野马天使们歌唱
唱掉野马天山压背般的屈辱
唱出野马烈火般燃烧的渴望
唱断一条条锁链
唱熔一道道铁栏
唱出天空一样辽阔的家园
把野马唱回美丽自由的天堂

# 小路

野马从无比宽广的原野走进围栏
日复一日地走着弯曲的小路
小路记录了它们的生活规律
小路承载着它们太多的委屈

从生活区到马舍
人们从丛生的野草中
也踩出了一条小路
它是联系人们与野马的纽带
它静静地蜿蜒大戈壁的怀抱中
默默地凝固在赤条条的孤寂里
有时尘土飞扬
有时泥泞不堪
有时冰封雪冻

在那个迷乱的雨季
我也由宽阔的大路突然走向了
这条崎岖小路
天天沿着小路在宿舍和马舍间往返
青春的汗水和泪水洒满了一路

# 神秘凄美的戈壁石

## （一）

卡拉麦里的戈壁丘陵上
花朵般地布满了五彩斑斓的石子
她们玲珑剔透，似颗颗珍珠
她们温润如玉，如纤纤玉女
你可以从中找到虫鱼鸟兽的身影
你可以从中闻到河流大海的气息

每一颗石子都是一个古老的传说
每一颗石子都有一个神秘的故事
每一颗石子都是一首凄美的恋歌
每一颗石子都是大自然的一滴泪珠
每一颗石子都有一颗晶莹闪亮的心
每一颗石子都是一个可爱的精灵

## （二）

一颗颗沉睡在大自然怀抱中的美丽石子
可是野马祖辈们的血泪凝聚而成
可是野马祖先留下的史书
可是他们在石头里刻下了生命的全部
重返大自然的野马子孙们
正用石子修剪着围栏内松软土地养长的趾甲
让自己奔跑的身姿恢复野性之美
他们可曾听到那来自远古的声声呼唤

对于石头里隐藏的秘密
不管看懂看不懂
野马子孙后代们总得学着去做
嗅着石头上祖先的气息
去琢磨过去
展望未来

## （三）

你是大海深处的古董
一直等到海枯石烂
你还在那痴痴为谁守候
每一个晨晨昏昏
你站成一座血色的石塑
被风雨一次次洗净的尘土
又一次次重新沾满你的身躯
千百世的等待
千百次的擦肩
你痴守的信念
却从未曾改变

# 想象的天空有一匹骏马

想象的天空有一匹骏马
他日日在我爱恋的蓝天中飞翔
他夜夜在我思念的草原上奔驰
他常常来到我的梦中与我相会

想象的天空有一匹骏马
他在我孤独的时候把我伴随
他在我伤痛的时候给我抚慰
他会用爱的阳光为我拭去泪水

想象的天空有一匹骏马
他在黑夜里为我点亮明灯
他在寒冬里为我生起炉火
他会为我迷惘的人生指引方向

想象的天空有一匹骏马
他陪着我走过人生的坎坷
他伴着我的心灵一起成长
他会让我在绝境中看到希望的光芒

# 青春是一匹哭泣的野马

本以为青春是美丽高傲的公主
在期待着王子的降临
本以为青春是快乐的小鸟
在天空中自由飞翔
本以为青春是万紫千红的花园
盛开着争奇斗艳的花儿
本以为青春是一曲动听的旋律
在岁月的长河中悠然流淌

谁知我的青春却是一匹哭泣的野马
突如其来的灾难打碎了广阔的梦想
青春无法再奔放飞扬
青春无法再昂首高歌

青春在狭小的围栏里埋头痛哭
青春在无边的黑夜里大声呼救
青春向钢铁围栏发疯地冲撞
青春向钢铁锁链拼命地撕咬
青春一次次在血泊中轰然倒下
青春一次次在暗夜里悄悄舔伤

青春对着无边无际的旷野张望
青春对着近在眼前的旷野张望
却只能止步于围栏
却仿佛远在天边

青春向着梦寐以求的爱情张望
青春向着近在咫尺的爱情张望
却只能止步于围栏
却仿佛远在天涯

我的青春是一匹哭泣的野马
是一个黑色的十字架
在穿透牢房天窗
如同穿透心脏的一缕阳光下
啜泣不止

我的青春是一匹哭泣的野马
漠风中的瘦影在夕阳下咯血
长长的忧伤变成黑色的幽灵
悄悄潜入我的梦中
把阳光灿烂的青春找回
把神采飞扬的青春找回
把美好的爱情找回
把无边的自由找回

# 心灵的家园

小的时候受了委屈会哭着找妈妈
大一些的时候有了烦恼会向朋友倾诉
而如今受伤的时候我只想去一个地方
去一个曾最怕去的地方
去一个曾最不愿待的地方
去一个曾被我视作青春坟墓的地方
去一个曾被我视作爱情荒漠的地方
去一个我用整个青春痛哭的地方
这个地方
远离都市喧嚣
远离世事纷扰
远离名利追逐
远离欺骗伤害

每当来到这里
来到这辽阔的戈壁上
来到野马的家园
就像投入到母亲怀抱
那无限宽广的慈爱
那亲切和善的眼眸
将我所有的伤痛瞬间融化
让我像空气一样轻灵自由
让我的心灵像这片土地一样安宁
曾经在马背上飞扬的青春
也可在大漠戈壁怀抱里安睡

千百回地寻寻觅觅
一路上的磕磕绊绊
不知何处是家园
松软土地上我轻轻的脚步声告诉我
空旷大漠中野马自由飞驰的身影告诉我
灵魂安放之处
便是家园
是我心灵的家园

# 风景，这边独好

这里，没有城市的辉煌灯火
这里，没有城市的林立高楼
这里，没有城市的繁华喧嚣
这里，没有城市的百媚千娇

这里只有一望无际的戈壁
这里只有一群群的野马
还有一帮朴实无华的养马人

在这里
阳光不会
跌跌撞撞地碰壁
而是把饱满的热情
直直射向一览无余的大地

在这里
目光也不会
被疼痛地切断
而是让深深的思念
直直冲向遥远的天际

这里的四季静悄悄
这里的天空最蔚蓝
这里的霞光最灿烂
这里的鸟鸣最清脆
这里的马嘶最嘹亮
这里的寂寞最深刻
这里的爱情最曲折
这里的马儿最肥壮
这里的人们最坚强
风景，这边独好

# 飘雨的黄昏

看到野马
往日的点点滴滴
连同这黄昏时的冷雨
渗入我的肌肤
渗入我的内心
而后从我的眼眶滑落
出两行
湿漉漉的诗句

我也顿时溶成了这
飘飞的雨滴
飘到你的窗前
飘进你的手心
飘入你的梦里
你认得出我吗

因为不能不见野马
所以这雨恐怕要飘一辈子了
总想超凡脱俗
终究还是脱不了俗
谁能告诉我
现在所经历的
究竟是真正的回归
还是在给野马套上笼头

# 我们已经沉沦了太久太久

你历经了一个多世纪
十几代野马的命运都被困在围栏里
而我用去了全部的青春
把自己囚禁在自己所设的围栏里
野马啊
我同命相连的朋友
我们已经沉沦了太久太久

那颗高傲的心是否已经在沉沦中麻木
那不羁的精神是否已在哭泣中萎靡
那飞扬的神采是否已在伤痛中失色
那腾飞的梦想是否已在哀叹中破碎

不
我的野马挚友
只要还剩一口气
只要我们还没有死去
我们必须要奋起
因为不奋起我们只有死路一条
我们就会永远地沉入暗无天日的海底
我们将无法呼吸
我们将无法站起
我们将会在沉沦中失去自己
我们的生命也将会失去意义

新世纪的曙光已经来临
你终于踏上了广阔自由的荒原
而我也释放了自己
追随你一起去寻找真正的自己
我们将共同去找回生命的尊严
我们将共同去寻觅生命的真谛
不论会遇到多少风雨多少险阻
我将与你一起勇往直前
因为我们已经沉沦了太久太久
我们已经没有了退路

# 奔腾的梦想在北塔山相会

你来自蒙古国大草原
我来自中国准噶尔荒原
我们是奔腾的野马
我们是狂野的精灵
我们有着共同的祖先
我们曾是兄弟手足
我们都曾被迫离乡
我们都曾在异国流浪
如今虽然回归了故乡
我们却依然相隔两地
我们依然在相思中黯然神伤

让我们奔腾的梦想
在北塔山相会
在百年前祖先自由驰骋的地方
在百年前家园破碎的地方
伟峻的北塔山哟
也是我们魂牵梦绕的故乡
让我们慢慢地向你靠近
从蒙古国大草原
从中国大戈壁
让我们向着共同的目标进军
如两颗思念已久的心
都朝着同一个方向飞翔

翻过一座座山
越过一条条河
冲过一道道铁丝网
穿过漫漫的黑夜
让我们在北塔山之巅相会
如两条汹涌大河迎面相遇
激起了滔天巨浪
又像是一场雪崩
掩埋了一个多世纪的屈辱和伤痛

当我们会合时
太阳正从东方升起
绿草上挂着晶莹的露珠
野花的芬芳沁人心脾
生命的春天
在我们喜悦的泪光中闪烁
不需要翻译
爱是所有生灵共同的语言
滚滚的绿浪正向我们招手
让我们飞奔吧
飞奔吧
向着广阔的原野
向着无尽的爱
向着梦想的天堂
让我们手拉着手
一起飞奔吧

# 马年里想起我的挚爱

从六千万年的远古奔来
从亘古的天山脚下奔来
从百年流浪的异国他乡
向魂牵梦萦的准噶尔故土走来
带着说不尽的悲欢离合
带着道不清的爱恨离愁
你为生命而歌 为自由而搏

十余载的日夜相守
十余载的风雨同行
我用最美好的青春与你相伴
我用最真挚的心把你关爱

你清亮的眸子
是我孤寂心灵的星辰
你贲张的血脉
是我冬日里的温床

我的野马我的爱
你漫步在故乡的乐土上
扬起彰显雄风的鬣鬃
抬起先祖高傲的头颅
你可知道
我的心随你的英姿一起驰骋
我的梦想随你的长鸣飞向远方

# 大漠情歌

你柔美起伏的身段
从脚下一直延伸至天边
你美丽容颜的背后
究竟埋藏了多少爱的传说
风儿一次次撩起你的面纱
总也猜不透你心中的秘密

野马群奔跑　奔跑
是风起云涌时
你最嘹亮一首歌
马蹄阵阵
是你正给蓝天奋笔疾书
的一首情诗

当夕阳把绚烂的晚霞
洒向你　洒向你
你醉了万物 也醉了自己
生命的原色本该如你吗
青春的色彩亦该如你吗
大漠 大漠 请你告诉我

# 回家的路究竟有多长

卡拉麦里的雪野惨白着面孔
寒风恸哭不止
乌云张牙舞爪地扑向大地
漆黑的柏油路像条毒蟒
横挡在野马家园门口
多少野马的生命已葬于它的口中
野马回家才多久呀
又不得不搬家 搬家

失去家园在异乡颠沛流离
被围栏和锁链已监禁了百年
如今回归家园获得自由尚没几天
可这儿有矿产开发
那儿有羊群抢食
这儿有马路横贯
那儿又架起了电网
究竟哪里才是野马真正的家园

又要搬家
又要被驱赶入那狭小的木箱
难道永远都在回家的路上颠簸
野马悲哀的嘶鸣正漫向世界
那愤怒的浪涛直冲云霄
马蹄声嗒嗒
一遍遍在叩问大地
回家的路究竟有多长

# 流浪者之歌

一颗颗心永远在流浪
一条条路伸向远方
家在何方 家在何方

乱发在风中飞扬
心中的孤独在疯长
家在何方 家在何方

白天去打探太阳
夜晚又追问月亮
家在何方 家在何方

一路上跌跌撞撞
无数次迷失方向
家在何方 家在何方

走过四季的彷徨
翻越一座座山冈
家在何方 家在何方

楼房紧挨着楼房
夜色中灯火迷惘
家在何方 家在何方

热血在冰雪中冻僵
荒野就这么亘古地荒
家在何方 家在何方

围墙监禁着梦想
锁链紧锁着渴望
家在何方 家在何方

青春折断了翅膀
鲜血在不停地流淌
家在何方 家在何方

# 野马呀，请你告诉我

心灵 究竟经历怎样的流离
才能让我心成为你心
人生 究竟经历怎样的跌宕
才能感悟出生命的真谛
情感 究竟经历怎样的伤痛
才能辨得清真情与假意
路途 究竟经历怎样的曲折
才能抵达那遥遥的终点

朝夕相伴的野马呀
请你告诉我
是否
这一切的颠沛
这一切的风雨
只为与你相遇
只为让我能深深地
痛着你的痛
喜着你的喜

让我无论在世界的任何角落
都能时刻感知到你
感知到你的冷暖
感知到你的心跳
感知到你内心的呼唤
感知到你生命的渴望
感知到你自由的魂灵
感知到你无所不在的存在

那生命之舟
正载着你我
经历激流
经历险滩
经历与礁石的碰撞
向着生命的本原
向着真正的家园
一路前行

# 最美的梦，在远方

最美的梦
在远方
在远方一望无际的草原上
如洁白的云朵
在蓝天中盛开
如一匹匹骏马
在绿野上奔腾

我站在围栏里眺望
眺望着那个遥远的梦
日日夜夜
风里雨里
站得脚下生出了根
站得落花如雨般洒向绿茵

我从北塔山吹来的温和的风里
嗅到了梦的醉人气息
我从太阳灿烂的笑脸上
看到了梦的俊美面孔
我从大草原无边无际的辽阔里
看到了梦的宽广胸膛
我从野马自由奔驰的身影里
看到了梦的不羁与洒脱
我从那看不见摸不着的空气里
感到了梦无时不在的环绕

我的梦是在远方吗
不
他原来一直在我心中的大草原上
奔驰如翔

# 小驹儿

我站在凄风中
我站在冷雨中
我站在寂寞无边的夜色中
用整个青春
守望着一个坠落山崖的梦
守望着戈壁的空旷与荒凉
若不是那可爱的小驹儿
我也如流星般诀别于夜空

那活泼帅气的小王子
那美丽乖巧的小公主
虽然不言不语
却如星星一样闪烁在我的周围
它们如空灵纯洁的雪花
如清澈见底的小溪
如碧蓝悠远的天空
如欢快灵动的音符
给我灰暗的人生底色上
涂上了鲜艳亮丽的色彩
让我因孤独失语的心灵
又有了百灵的歌喉

当我的心儿被都市的荆棘
扎得千疮百孔
又有会说话的“小驹儿”
那调皮可爱的小王子
那善解人意的小公主
像花儿一样绽放在我的身边
这是一种怎样的幸运呢
小驹儿是我的呼吸
我的欢笑
是我人生的太阳
和小驹儿在一起
连我也变成快乐的小驹儿了

# 二

# 野马保护者篇

# 生命的挽歌

漠风吹着你满头的花发
岁月在你脸上刻满沧桑
你双手拄着拐杖
迎风而立
和蔼朴实的脸上
带着安详从容的微笑
你走不了几步路
就会深深地弯下腰
双手不停地在腰背上敲
我敬爱的曹老师呀
你把你全部的爱和青春
都奉献给了天山南北的芬芳桃李

当你年迈体衰
本该在家安享晚年
你却来到了戈壁荒滩
从野马回家的那天起
你与养马人一起
住进了地窝子
你常常
喝着凉水
啃着干馕
迎着风霜
顶着骄阳
日日夜夜
蹲守马圈
跟着马屁股转
观察野马习性
摸索繁殖规律
制定饲料配方
研究管理措施

你的亲人病了
你没有回家
你正顾着给野马治病
你的孙子出生了
你没有回家
你正顾着给第一匹马驹接生
直到你病倒住进了医院
你还张口闭口把野马牵挂

当听说野马病了
你仿佛听到军令
立刻从病床上跳起
自己的生命安危全然不顾
家中再重要的事都抛在一边
似乎野马的命比你的命重要
野马中心的事比你家的事重要

你风风火火赶赴野外
师母放心不下
常常背着你的一大堆药瓶同往
到了野马中心
你水也不喝一口
就直直奔向马圈
俯下身子抢救病马
有时趴在泥土地上
有时趴在冰雪上
挽起袖子
将全部胳膊伸入马的肛中
病痛劳累
常常让你大汗淋漓
大漠风沙
常常弥漫你的双眼
严寒风霜
常常冻肿了你的手脚

在你和野马守护者的精心管护下
野马在故乡迅速复壮
繁殖成活率世界第一
并且奔向了大自然的怀抱
你医治了多少野马的病痛
你挽救了多少野马的生命
而在那个大雪纷飞的冬日
病魔却吞噬了你的生命

你走的那天
呼啸的西北风为你悲歌
天地万物为你落泪
漫天的飞雪
为你圣洁的灵魂送行
你不朽的精神
随野马群一起
在万里雪原上
奔腾不息
我敬爱的曹洪明老师呀
我们永远爱戴你
我们永远怀念你

# 野马精神赞

祖辈们的累累白骨在荒野下安睡
可它们的冤魂却从未合过眼
常常游荡到人们的梦中
哭诉盗猎者的血腥罪行
哭诉流亡者被囚禁的屈辱
被野马血泪灌注了的人们
从此肩负起了拯救野马的使命

18匹野马千里迢迢被接回了家
主人们是多么珍爱这些宝贝呀
自己住着地窝子，啃着干馒头
却先给野马修建了住房，备足吃喝
24小时将它们精心伺候

烈日几乎把他们烤焦
冰雪几乎把他们冻僵
风沙常弥漫着他们的双眼
泥泞常拖住他们的双脚

一辆破铁皮车推着野马的吃喝拉撒
一辆旧吉普车从几十公里外运来油盐酱醋
一年能有几天与亲人团聚
四季能吃上几顿鲜果佳肴
爱情的鸟儿折断了双翅
寂寞的蛐蛐日夜狂叫
现代文明不肯在这里驻足
姑娘的心儿怎愿在这停留

人黑了，瘦了
马肥了，壮了
繁殖率、成活率世界第一
全世界惊奇的目光在这里聚焦
野马的冤魂已化作不屈不挠的精神
深深扎根于拯救者们体内
正如太阳般射出万丈光芒
将野马重返大自然的路照亮

# 那一双双冻红的手

那一双双冻红的手
推着破旧的手推车
冰天雪地里为野马撒着饲草

那一双双冻红的手
凿开厚厚的坚冰
为野马奉上甘甜的井水

那一双双冻红的手
爬满一个个血泡
为野马切着香脆的胡萝卜

那一双双冻红的手
握着冰冷的铁锹
为野马清除着铁疙瘩一样的马粪

那一双双冻红的手
忍着刺骨的寒风
为生病的野马解除病痛

如果没有
没有那一双双冻红的手
野马将如何度过漫漫严冬

不正是那一双双冻红的手
指引着野马
回家的方向

不正是那一双双冻红的手
托举着野马
明天的希望

# 戈壁上的小屋

你是茫茫戈壁怀中的一叶孤舟
装载着青春的迷惘与梦想
装载着野马的明天与希望
装载着野马守护者的悲欢与渴望

在你没有出现时
野马保护者以天为被，地为床
饮着冰雪与风霜
千里迢迢把野马接回了故乡
又给它们盖起了房
之后才开始为你的到来而繁忙

在无边的荒凉里
你成了一座富丽的殿堂
你成了人们心中的暖阳
你怀抱着火炉与温床
还有那舒适的桌椅和明亮的窗
你倾听着马的嘶鸣，鸟的歌唱
嗅着泥土的气息和青草的芳香
你静观大漠日出日落
仰望皓月和灿烂的星光
你看春去秋来，叶枯叶长
云儿在空中自由地飘荡

任风吹雨打
盐碱侵蚀了你的健康
任岁月把你脸上刻满沧桑
你皮开肉绽，浑身是伤
你总是不言不语
从不展露你心中的悲怆
仿佛你已被世间的繁华遗忘
可只要有梦想
你就是宇宙飞船
可以飞向世界任何一个地方

# 野马天使

没有洁白的大褂
没有先进的医疗设备
大戈壁就是手术台
小药箱就是医疗室

你是善战的勇士
也是野马眼里的敌人
在游击战
隐蔽战
追击战
堵截战中
你总是与野马斗智斗勇

战斗中的野马才真叫野马
不论老弱病残
还是平时温顺如羊
绳索飞向野马的时刻
它的野性顿时像炸弹爆炸
如轰隆隆的火车迎面冲来
恨不得把你碾得粉碎
眼中迸出的怒火
足以把你销毁
还有那锋利的牙刀
随时随地会刺向天使

如果你不是不怕牺牲的战士
如果你不是足智多谋的勇士
即使你医术再高明
也不是一个称职的天使

当套马索把野马降伏
它的四肢被牢牢捆住
气喘吁吁的野马天使
开始对病马进行救治

你沾满泥土的衣服血迹斑斑
你跪地太久的双腿难以直立
有时黑压压的苍蝇嗡嗡向你袭来
有时野马长了蛆的创口恶臭扑鼻
有时狂风直往你嘴里灌土
有时汗水如雨冲刷着你脸上的尘土
有时严寒冻僵你的手脚
有时烈日把你快烤成肉干

野马天使啊
你不是白衣天使
是污衣天使
是血衣天使
救死扶伤的天使啊
你挽救了多少野马的生命
你医治了多少野马的伤痛
而野马却给你造成多少伤痕
又有多少回险些要了你的命

# 是他们，筑起了拯救野马的丰碑

当野马事业举步维艰
风雨飘摇之时
一份份爱心
像春天的鸟儿从四面八方飞来——
有人认养野马给野马捐了钱款
让野马不再缺吃少喝
有人给野马捐赠了饲草
让野外野马安全度过寒冬
有人给野马保护者捐赠了防护服
让他们能够抵御酷暑严寒
有人给野马中心捐赠了空调
让保护者野外也能享受到冬暖夏凉
有人给野马赠送了无线电卫星项圈
让人们不再经常找不到野马的踪迹
有人给野马无偿捐送了种源
让野马基因优化，优生优育
有人为野马奔波呼吁
有人为野马流血流汗
有人为野马献出了青春
有人为野马奋斗了终生
正是有了他们
有了这来自社会各界的爱
有了这来自世界各地的爱
有了这无数双温暖的手
有了这无数颗金子般的心
野马种群才重新复壮
野马才奔向了大自然
是他们
将野马回家的路照亮
是他们
筑起了拯救野马的丰碑

# 戈壁上的一片绿荫

风沙弥漫的戈壁
泛着白碱
干旱缺水
注定要成为草木不生的荒滩

然而却有这样的一帮人
自从他们为了保护野马进驻了戈壁
转眼间光秃秃的戈壁
竟奇迹般地长出了一片绿荫
像是戈壁上中的一颗明珠
让人们的眼前一亮
又像是沙漠中的一汪清泉
清风吹来
绿波荡漾
让人们的心里感到无比清凉
让酷暑和狂风也失去了力量

可是有谁能够知道
这片绿荫是多么来之不易
那一群保护野马的人们
不知他们哪来那么大的毅力
不知他们哪来那么大的干劲
在干硬多石的地上
挖出一米多深的树坑
从几十公里之外拉来沙土
连着马粪一起填进坑里
还挖两三公里的长渠引水
接着栽树、浇灌、修枝、锄草
像照顾孩子一样把树精心管护

任狂风卷沙尘往七窍里直灌
任烈日把人晒得脱了一层层皮
任连续几天几夜浇树熬红了眼
任铁锹镐头磨得满手血泡和老茧
任汗水湿透了他们的衣服
任泥巴拖住他们的双脚
他们没有退缩
他们没有怨言
他们总是面朝黄土背朝天
用辛勤的汗水为戈壁换上了新颜

# 养野马的戈壁滩

这里的空气多么清新
这里的环境多么安静
不过也只能作短暂停留
——旅游者说
贫困与闭塞会扼杀青春的光彩
有谁愿把青春埋进戈壁荒滩

这里很适合写作
那也得等我在繁华世界体验够了生活
或者等我老了再来
——文人们说
枯黄的戈壁就像干瘪的老人
单调寂寞中怎能生长出丰富鲜活的作品

这里的土地长不出鲜花
这里的风沙会摧毁娇颜
不可能会有女性待在这里
——男人们说
女人好比需要我们保护的柔弱花草
怎能经得起戈壁上的风刀霜剑

这里确有一群群人们忍受着孤寂
这里确有一群群人们奉献了青春
还有一个女子长期与我们相伴
——野马们说
他们是我们的保护神
有谁会像他们那样可敬可亲

# 大戈壁，我曾恨过你

大戈壁，我曾恨过你
恨你广阔的荒芜
贫瘠得长不出庄稼和绿荫
干巴巴 空洞洞的像个白痴

大戈壁，我曾恨过你
恨你出奇的冷酷
任狂风烈日把娇颜毁成魔鬼
你却在那助威似的欢歌

大戈壁，我曾恨过你
恨你可怖的死寂
让人白天如行走在棺材上般心惊
夜晚以为成了坟中的白骨而胆寒

# 戈壁生活

严冬和酷夏在戈壁上轮流坐庄
香烟和辣酒日夜思念着姑娘

马舍 食堂 宿舍三点一线地往返
土豆 白菜 拉面是长年不变的主餐

勤俭节约的灯泡比人们睡得要早
短命孤独的蜡烛一支支受尽煎熬

# 饲养员

一个个年轻的饲养员
是野马最亲密的伙伴
是野马最忠诚的保姆
日日夜夜
寸步不离
细心地喂它们吃喝
辛劳地把它们侍奉

为了养好野马
饲养员常常顶着烈日
精心地把野马看护
任烈日把他们涂得乌黑
还把他们的皮层层揭掉
他们无怨无悔

为了养好野马
饲养员常常迎着狂风
精心地把野马看护
任狂风将他们的脸变成树皮
还把沙尘往他们七窍里直灌
他们无怨无悔

为了养好野马
饲养员常常冒着严寒
精心地把野马看护
任严冬冻肿了他们的手脚
还将霜刀割向他们脸面
他们无怨无悔

为了养好野马
饲养员常常忍着寂寞
精心地把野马看护
任寂寞让他们更加沉默
还让他们饱受思念的煎熬
他们无怨无悔

# 锅炉工

宁静的冬夜
野马中心锅炉房细长的烟囱里
不时飘出一串串红色的火星
像是谁在漆黑的夜里抽着烟
寂寞的烟火闪闪烁烁

狭小的锅炉房内
住着一位头发花白的锅炉工
耳朵有些背
口齿也不清
孤孤单单
却整天乐呵呵地
高声唱着谁也听不懂的歌

职工们的房间明亮又暖和
当人们晚上甜美地进入梦乡时
可否会想起
那位孤独的锅炉工
还在隆隆的锅炉声里
深深地弯下腰
把黑炭一铲一铲
往锅炉里添

# 垂钓

记不清哪年哪月
生长野马和黄羊的戈壁荒滩
长出了一潭银光闪闪的鱼来
在养马小伙的心里上下扑腾

于是小伙们都围着鱼池垂钓
把心中的寂寞随渔竿一起甩向池中
连身影也钻到水中去找寻鱼儿
垂钓者静守成一尊塑像
只有目光在随浮子移动

一旦等鱼儿上了钩
小伙电打的一般猛拉起渔竿
鱼儿就由空中舞到了小伙手中
小伙的笑便如水波般圈圈荡开

就这样钓了好多年
直到池塘干了
满池的芦苇枯萎了
小伙也没能把美人鱼钓上来

# 8号

8是两只牵在一起的手
8是两颗连在一起的心
8号是野马野放站换班的日子

这天
当接班人返回荒野
与亲人牵起的手被分开
与爱人连体的心被割离
8就变成了
望远镜

不仅天天去望野马的踪影
还要时时去望下一个8号
——回家的日子有多远
用手指掰算着倒计时
苦苦巴望着
手再次牵成8
心再次连成8

# 小白房子

小白房子很小
是卡拉麦里无边旷野上的一个小不点儿
像茫茫大海上的一叶孤帆
像一个孤零零的被遗弃的孩子
又像一朵独自绽放不惧风霜的花儿

小白房子远离都市的繁华
小白房子里住着两个野马守护者

小白房子装满野马守护者的寂寞
小白房子装满野马拯救者的希望

小白房子是野马重返自然的开路先锋
小白房子是野马回归家园的纪念碑

小白房子刷新了人类忍耐孤独的纪录
小白房子是野马保护者的丰碑

小白房子不是青春的坟墓
小白房子是强者的熔炉

小白房子不是野马的尸骨所砌
小白房子是保护者的爱心所筑

# 难道狼也体谅人的寂寞

偌大的荒原
远离人烟
当野马走远
狼却走近
难道狼也体谅
小白房子里
那两个年轻人
的寂寞

白天紧随其后
夜晚歌声悠扬
是不是狼也想
为人驱除那
比荒野宽广
比黑夜厚重
的寂寞

是不是狼把人的寂寞
吞入自己体内
人的寂寞就会像空气一样
消失得无影无踪

# 老吉普车

一辆老态龙钟的吉普车
颠簸着野马重归家园的希望
每日在广袤的荒原奔波不停
寻找着野马远去的踪影

崎岖的道路缩短了它的寿命
起伏的丘陵害得它浑身是病
四足常被扎破
骨架抖得七零八落

哪还顾上心疼主人的以步代车
老吉普车心里很明了
先进的野外监测设备
才是防病治病的良药

# 倾听呼吸

倾听呼吸
此刻唯一能够听到的声音
是那么均匀一致
是那么亲切自然

就像是野马的咀嚼声
不绝于耳
就像是远方亲人的呼唤
漫向黑夜

所有的经历恍然如梦
寂寞的声音是多么洪亮
因为那是在与上帝对话
是否分你、我、他?

不过是一体
心脏在一起跳动
呼吸是同一个节律
比任何语言都来得真实

# 冬夜

一弯冷月垂下眼帘
俯视着无边无际的雪野

也许黑夜也怕被冻僵
怀抱着一个小屋取暖

屋内的空气一声不吭
静听着火炉的歌唱

一个女孩静默成画像
任心中的寂寞一浪高过一浪

# 偷袭

什么也不去想
专心致志做事
把所有的通道都堵死
也许大可不必
不如这样去想
一切根本就是虚假的
除了欢笑
那些哀伤
那些寂寞
都是不真实的

可是
无论怎样防范
那看不见
摸不着的
杀手
还是偷偷
侵入了每个毛孔
侵入了每个细胞
顿觉
疼痛隐隐
疼痛如潮

# 一盏孤灯的眺望

在喧嚣的都市中
在汹涌的人海中
在车辆的拥堵中
在林立的高楼中
在迷茫的夜色中
有一颗孤寂的心
一盏黑暗中的孤灯
正向着远方
向着远方无边无际的荒凉眺望

她为何不加入城市的灯火辉煌
却在这儿孤单地远眺呢
她究竟在眺望什么呢

她是在眺望荒野里那条弯弯曲曲的小路
还在眺望那渐行渐远的青春脚步

她是在眺望那不羁的魂灵在围栏中无助的挣扎
还是在眺望狂风如何扬起漫天的风沙

她是在眺望那被冰雪封住的道路条条
还是眺望那远远飞去的爱情小鸟

望着望着
那盏孤灯竟泪光闪闪
是望到了那一双双期望的眼吗
是望到了那一双双温暖的手吗
是望到了那一个个感人的瞬间吗
还是在无望中望见了无限的希望

# 青春日记

## （一）

每天
那枝枯瘦孤寂的笔
吸满一腔的酸甜苦辣
披着昏黄的烛光
像一匹野马
开始在
如戈壁般宽广的纸张上
自由地奔驰
尽情地舞蹈
痛快地哭泣
任性地撒野
直到换得一腔轻松自在
才肯安睡

日记本在钢笔无声的倾诉中
越长越高
却永远不会衰老

## （二）

一本本的日记
砌成一座青春的城
一砖一瓦都带着疼痛
多年以后
当我再次踏入这座城
城市正下着雨
而我却忘了带伞
听说刚好赶上雨季
仔细一瞧
那些文字也都湿漉漉的
正滴着雨滴
像是谁流泪的眼
正等待着阳光的擦拭

## （三）

与你结缘
并非缘于热爱
而全是因为寂寞
把无处诉说
又不得不说
拥堵在胸口
快让人窒息的
话全说给了你
就像是一场倾盆之雨
要下就让她下个够

## （四）

也许老鼠也耐不住寂寞
夜里偷偷把你来翻阅
以为是本什么好书

留下了那么多斑斑牙痕
就如同在某个景点
有人会留下
某某到此一游的纪念

## （五）

再没有像对你
更毫无保留的朋友了
那完完全全的真实
不需要一丁点儿的装饰
你也永远没有选择
不论我说什么
不论我怎么说
你只顾洗耳恭听
不言也不语
你就像大海
总是在接纳百川
你可能随时会被我抛弃
而对我
你却总是不离也不弃

## （六）

那些青春的花瓣
全都珍藏在你的心间
即使已经枯萎
只要我再次捧起
捧起你美丽的心
那干枯失色的花瓣
就全都活了过来
如一个个楚楚的少女
亭亭地立在了我的面前

## （七）

你也是本青春的相册
相册里全是我心灵的照片
任时光如何苍老
这些照片却不会褪色
青春最美的笑颜
还有最红的泪眼
都在你这里永驻

# 内心的充实比任何奖杯都要可贵

青春的废城
在冷风中呜呜哀号
沉睡的花园
早已长满野草
疼痛
在慈悲的手术刀下惊慌奔逃

耀眼的光环
无法填充空旷的虚无
内心的充实
比任何奖杯都要可贵
没有什么
比辛勤耕耘更值得赞美

# 痛到峰回路转

痛到峰回路转
你才会在悬崖边发现人间令人窒息的仙境

痛到峰回路转
你才会拨开人生的迷雾重新见到灿烂的阳光

痛到峰回路转
你才会从大风大浪中回归内心的安宁与祥和

痛到峰回路转
你才会从悲哀沉沦中扬起理想的风帆勇往直前

痛到峰回路转
你才会看到冰封的心湖上荡漾起婴儿般的笑容

痛到峰回路转
你才会发现蝴蝶从蛹中飞出时的疼痛比飞舞还要美丽

# 春天是这样结束，又是这样开始

春天是这样结束
又是这样开始——
曾是花样的年华
同样的风雪
无情地扫落了春花满地
如今在黑夜的尽头
又是同样的风雪
却丝毫动摇不了风和日丽
只是从春天的终止
到另一个春天的新生
不是走过了一年
而是恍若历经了千百个世纪
的风沙漫漫

# 在青春的荒园里穿梭

白杨没有人修剪
长成了千手观音
在风中振臂舞蹈

一排小屋
千疮百孔
在风中呜呜哀号

野草长成乱发
又长又黄
将小屋紧紧包围

我如一粒尘埃
在青春的荒园里穿梭
一次次地被风
抛起又放下
放下又抛起

# 致我荒芜的青春

青春曾是一个小小的纸船
一个小小的风浪就会让她全军覆没
青春曾是一个在空中飞翔的风筝
细绳一断她就会失去方向轰然坠落
青春曾是那一望无际的荒漠
落尽了繁华只余黄沙在风中哀叹
青春曾是一个透明的玻璃杯
那么纯净却又一碰就碎

如今我在无尽的痛惜中眺望着
我那傻傻的青春
我正以笔为犁开垦着
我那荒芜的青春
每一份真情都是一颗生命的种子
每一行诗句都是一个小小的绿芽
我在静静期待着一片绿野一片芳香
我在静静期待着甜美的果实挂满枝头

# 致我失落的青春

如诗的年华
时间像旷野一样广袤无边
花儿像太阳一样绽放着笑颜
而我却是风霜中缀落的花瓣
像猫一样蜷伏在深深的海底
呼吸着墨汁一样的黑暗
吞饮着黄连一般的苦涩
沉重的海水如山压背
让我想站站不起来
可怕的梦魇如影相随
让我想喊喊不出声
一条条的鱼儿从我身边游过
一本本的书化作小舟来救我
一道道佛光曾潜入海底
连太阳也曾一次次撒网打捞
我那失落于汪洋的青春
可我为什么视而不见
为什么视而不见
是麻木不仁
还是已沉沉睡去
难道要让整个青春
都埋葬在暗无天日的海底

# 再致青春

二十年前
我那刚刚发芽的青春
就被一场暴风雨送进了坟墓
如今青春正在走向末路
二十年的寒来暑往
二十年的风风雨雨
二十年的最美时光
我的青春，我的青春
你为什么就长眠不醒

繁花和青草将你拥抱
雨儿为你弹奏着优美的琴声
鸟儿为你唱着动情的歌
洁白的雪花为你轻轻地盖上棉被
日月星辰用温存的目光轻抚你的面颊
风儿一次次地声声将你呼唤
可你听不见 也看不见
这个世间是多么的美丽
你就这样沉睡 沉睡
仿佛要睡千年万年
也不愿睁开你的双眼
你就这样在沉睡中荒芜
就这样在沉睡中匆匆而逝
还好得感谢那场地震
终于将你从睡梦中震醒
也许你的容颜正在老去
也许你已失去了健康
就算一切都已失去
只要你能醒来
哪怕醒来只是瞬间
也远远胜过沉睡的二十年

飞奔吧，青春
赶紧去追赶明天的太阳
飞扬吧，青春
让荒漠变成绿野鲜花怒放
二十载已成为匆匆一瞬
成为匆匆一瞬的满目荒凉
那么就请牢牢抓紧
抓紧这眼前的一瞬吧
让这一瞬铸就出青春的辉煌

# 一双向春天伸出的手

一双向春天伸出的手
依然向前方 向上方
伸举着
笔挺 倔强
不甘寒冬却又力不从心

二十年了
那双日夜呼唤黎明的手
那双因伸举太久而僵了的手
不知是没能握住春天
还是没有被春天握住

还好
只要没有被黑夜压扁
只要没有被一些沉闷的空气窒息
只要没有被一次次的寒流冻死
执手春天
终究不会是梦

# 匆匆那年

匆匆那年
青春正欢笑着飞翔却突然从云端坠落
我种下理想本想长成大树却生成了一片荒漠
怪也只怪我
浇灌的不是坚强而是太多的哀怨与脆弱

匆匆那年
相遇与别离都成了错错错
爱情患上了绝症终未能修成正果
怨也只怨我
让风沙蒙蔽了双眼没能把最真的爱好好把握

匆匆那年
那懵懂的青春我们就这样匆匆走过
无论我们怎样地狂喜或狂悲都不算过火
叹也只叹那
青春小径上盛开的花朵转瞬间就如雨般纷纷飘落

# 对书的歉意

如果在二十年前
如果在青春的起跑线
在孤夜 在荒野
在昏暗的烛光下
在无边的寂静里
我就能把你捧在手心
细细端详你方正儒雅的面庞
静静阅读你清新温情的目光
并钻入你阳光诗意的心房
在你博大精深的心海中畅游
而不是对你视而不见
而不是对你不理不睬
让灰尘和蛛网布满你的胸膛
那世界一定会是另一番模样
青春一定会有迷人的笑脸
孤独一定会开花并结出硕果
上帝的慈爱
也一定会被早早明白
比起现在
在拥挤的时间通道中寻你
在锅碗瓢盆交响曲
和孩子的哭闹声中念你
不知要幸运多少倍

# 让旧时光闪闪发光

在旧时光中开采金矿
让旧时光闪闪发光
拿起智慧和爱的挖掘机
让那远逝的旧时光
不再是落叶的枯黄
不再是褪了色的旧服装
不再是布满皱褶的脸庞
不再是沙漠的一派荒凉
不再是灰暗的天空暗淡无光
不再是枯萎的花瓣失去芳香
不再是漆黑的夜没有一点星光
开挖 开挖
拿起智慧和爱的挖掘机
在旧时光中开采金矿
让旧时光闪闪发光
有谁知道
荒凉底下有多少繁华沉睡在梦乡
沙子里又有多少金子在发光
爱的泪珠不都在干旱中蒸发
荒芜下面
定有爱的化石发着耀眼的光芒

# 冬天里的春天

当冰雪统治了整个世界
你来了
如温暖的春风
你翩翩地向我走来
清秀的明眸闪着湖水的波光
柔情的笑意荡漾在你的脸上

你是明媚的阳光
融化了我心中多年的积雪
你是雪野中绽放的花朵
散发着醉人的馨香
你带来了江南的烟雨 柔波
带来了燕的呢喃 花的绚烂
带给我一片绿色的海洋
在你的世界
我永远做着少女的梦
永远都长不大

为什么我对你的爱会在冬天里燃烧
因为冬太冷 太孤寂
只有你
我的诗
我的爱
我的梦
只有你能让我取暖
为我驱除雪的冰凉 夜的孤独
你是我冬天里的春天

# 如果一切我能来安排

我爱
你为何在月下孤单徘徊
你说是上帝让你在等我的到来
一切听从我的安排

如果一切我能来安排
那该有多好
那就让上帝去休息
一切让我来主宰

我会把时光的轮子推至青春的起点
我会把所有的故事重新更改
爱情不再红肿着双眼
前行的路上不再有绝壁险滩

黑夜不会在悲哀中叹息
黑宝石的眼睛放射出太阳的光辉
连风连雨都笑意盈盈
在花朵间曼妙着优美的舞姿

如果一切我能来安排
就让我们的相思生出美丽的双翅
穿越那千百个世纪的等待
来一个久久 久久别离后的灿烂相拥

# 致远灯

即使远望是今生永恒的姿态
你也一直为我指引着前进的方向

即使我迷途不知归路
你也不曾放弃过对我的期望

即使我是一株小草难以抵达大树的高度
你也总是在鼓励着我的成长

即使我生命中有你照不到的黑暗
相信你从未从我的世界真正走远

即使你的光芒比星光还暗淡
在我的心空你却比阳光还灿烂

即使夜很长，路很远
你的爱也会一直把我来陪伴

# 啊，这美好的新生

你来到世界的第一声哇哇哭喊
清脆嘹亮地直穿云霄
天空被惊得哈哈大笑
把甜蜜的雪花糖大把大把地向你抛洒
把晶莹闪亮的祝福密密麻麻地向你抛洒

一群群洁白可爱的小天使纷纷向你飞来
她们在洁白的产房里翩翩起舞
银铃般的笑声在空气中荡漾
一张张红红的小唇争相伸向你的小脸
朵朵的吻在你粉红的脸蛋上盛开
朵朵的吻在也在妈妈的脸上盛开
她那张刚刚还疼痛扭曲着的脸顿时舒展如画

城市的灯火之河在耀眼地闪烁
也在把闪亮多彩的祝福热情地向你投射
啊，这美好的新生
谁说你的降临与冬同步
我说与冬同步的是那红红的火炉

# 倘若你也在身边

我最亲爱的小宝贝
当我身处荒原
守在野马的身边
倘若你也在身边
而不是一张张你的照片
天天让我看着发呆
那我该有多么幸福

我最亲爱的小宝贝
当我在马群中穿梭
观察着一匹匹野马
倘若你也在身边
就像那可爱的小马驹般跟前跟后
一刻也不离开妈妈的视线
那我该有多么快乐

我最亲爱的小宝贝
当我一人在夕阳下漫步
思念的影子拉得比岁月还要悠长
倘若你也在身边
妈妈牵着你的小手
听着你牙牙学语
那我该有多么陶醉

我最亲爱的小宝贝
当夜深人静
妈妈孤孤单单一个人
想你想得泪水涟涟
倘若你也在身边
躺在妈妈的怀里甜甜睡去
那我该有多么甜蜜

# 我心爱的小宝贝，你一直住在妈妈的心尖上

我心爱的小宝贝
每一次的离开
妈妈宁愿看着你在酣梦中
在你白嫩的小脸蛋上轻轻一吻
而后悄悄地离去
也不愿像大多时候
把你抱了又抱
亲了又亲
而后在你的哭声里毅然转身
心被撕碎成漫天飘舞的雪片

我心爱的小宝贝
你可知道
自从你来到这个世界
妈妈一刻也不愿意离开你呀
只想分分秒秒
寸步不离地守护在你的身边
看着你天真可爱的笑脸
看着你像小马驹一样地活蹦乱跳
看着你健康快乐地成长
哪怕你淘气地把家里翻成了被盗现场
哪怕你弄坏了一个又一个玩具
哪怕你打翻了盘子摔碎了碗
哪怕你躺在地上蹬腿哭闹着撒野
妈妈都不会责怪你
妈妈只会更加疼爱你

我心爱的小宝贝
等你大一些你可能就会明白
为了更多的野马宝贝
妈妈不得不离开你呀
离开你的日子
看到一匹匹可爱的马驹妈妈想念着你
走在空旷的戈壁上妈妈想念着你
吃饭时妈妈想念着你
睡觉时妈妈想念着你
清晨醒来第一眼
妈妈要先看看你的照片
晚上也要看着你的照片入梦
仰望蓝天我看到了你
俯首大地我看到了你
站在马舍里我看到了你
坐在电脑前我看到了你
我在树林里看到了你
我在花丛间看到了你

我亲爱的小宝贝
你其实无处不在呀
你其实一直守在妈妈身边呀
你一刻也没离开过妈妈呀
因为你是一个可爱的小天使
一直住在妈妈的心尖上

# 冬夜里唯一的暖

我亲爱的小宝贝
你是我寒冷冬夜里唯一的暖
仿佛那场劫难
只为与你的相遇
只为迎接你的到来
你就如那活蹦乱跳的小马驹儿
无邪而无忧
你就如那陪伴我青春的小马驹儿
跟前又跟后
小马驹儿是一种无言的相守
而你一声声的妈妈
叫化了寒冬的雪

# 让最痛的一滴眼泪绽开笑颜

我最亲爱的宝贝
因为你的缘故
我必须要让最痛的一滴眼泪绽开笑颜
让我的背影向苦难挥手道别
来一个前所未有的毅然转身
张开双臂去拥抱苦难
就像是拥抱着阳光
就像是拥抱着宝贝你
也像是拥抱着另一个我自己
拥抱一个在黑暗中哭泣的小孩儿

就让我在拥抱中获得重生
重生如你
我的宝贝
我生命的生命
因为你的缘故
我必须要让最痛的一滴眼泪绽开笑颜
不然我怎能托举得起你
托举得起我人生的太阳

# 浓浓的思念如雾

我最亲爱的小宝贝
无论走在哪里
你分分秒秒
都牵扯着妈妈的心
与你分开的日子
对你浓浓的思念如雾
笼罩着我的世界
像是天空塌了下来
灰蒙蒙
冷冰冰
将我重重包围
朦胧了我的视线
让我的眉发瞬间成雪

我最亲爱的小宝贝
离开你的日子
你银铃般的笑声
时刻在妈妈耳边响起
对你深深的思念如雾
滚滚大雾日日夜夜
萦绕在我的心间
浓浓大雾时时刻刻
紧锁着我的眉头
怎么也挥之不去
怎么也走不出去

# 伤离别

进门时一声声的“妈妈”
正春暖花开
出门时一声声的“妈妈”
却已是千里冰雪
当欢笑抵达巅峰
转身便是
满眼的泪水

寒风阵阵
狠命地撕扯着世界
将我心也撕成千片万片
如枯叶一般
纷纷坠落
可狂风仍不肯放手
又将那片片碎落的心
抛起又摔落
又摔落抛起

那满地流淌的殷红
不正是我和宝贝离别的疼痛
宝贝的哭声
穿透了我的心脏
正在我忧伤的心谷里
阵阵回荡

# 一场大雪因此降落

我亲爱的小宝贝
今天下班回来
春风没有扑面
小驹儿未能入怀
你的唇没有在我的脸上盛开

一场大雪
因此而降落
那是白云的心
被撕碎
成千瓣万瓣
垂直落下
掷地有声
沉重
如巨石
砸在地上
留下一个个深坑

还有白色的血
堵在了夜的胸口
无数的街灯
红肿着眼睛
在大雪中
涌动成一条血色的河
满载思念
闪着泪光
正向着你奔腾

# 小雪花轮

刚一离开
无数晶莹的小雪花轮
便追了出来
我亲爱的小宝贝
她们一定是被你的哭声
从天庭震落

小雪花轮
围着我转呀转
紧紧粘着我的衣服
仿佛也在喊着
妈妈亲亲我
　　抱抱我
　　背背我

小雪花轮
又追着我远去的车轮
趴在车窗上
对着我瞅呀瞅
长长的睫毛
乌溜溜的黑眼珠
全都在对我说着话
妈妈呀，你不要走

小雪花轮
越滚越大
就像雪球
一直滚到我的梦中
变成可爱的小雪人
变成洁白的小天使
在一声声地呼唤着妈妈
把我的心儿叫成了
一片蓝色的海洋

# 执梦之手

记得从童年开始
就牵起了你的手

在黑夜
你是那灿烂的星光
在雨季
你是那寸步不离的伞
在灰蒙枯黄的荒野里
你是满园的玫瑰
你是连天的碧草
你是清山 是秀水 是蔚蓝的大海
是天空中炫目的彩虹
世间与世外的所有美景
都在你这举行着一场场盛大聚会

只要我乐意
只要执起你的手
只要看上你一眼
我就可以在天空中翱翔
就可以在大海中畅游
可以见想见之人
可以做想做之事
所有的心愿瞬间得以实现

在一个人的孤寂中
在隔绝于尘世的荒凉中
你就是我俊美的王子
我沉睡在你宽大厚实如大地的怀中
我沉睡在你深情慈爱如暖阳的目光中
日日夜夜
年年岁岁
就这样幸福地沉睡
不愿醒来

因为醒来怕你会离开
醒来我怕被尘世的荆棘扎痛扎伤
醒来我怕被血泪的海洋淹没
只有在你的怀中
冰雪不冰
痛苦不痛
只有在你的怀中
炉火正暖
春光无限

呵　我的梦
我真想对你说
执子之手
白头偕老
可执起了你的手
我们还会老吗
执起了你的手
我们还会分开吗

# 致远方

可以枕波涛而眠吗
如果热爱大海
可以揽月入怀吗
如果钟情皓月
可以变成骏马吗
如果青睐草原
可以化作飞鸟吗
如果向往蓝天

不可 不可 不可
现实的回答不容置疑

所以 我只能
只能让
泪水浸泡过的文字
在思念的沃野生根 发芽
让粉红的小花
在梦的绿茵上静悄悄地怒放
让晶莹的晨露
在绿叶的心尖上滴尽相思
那细弱的茎脉里
正有一腔大江大河在澎湃
远方的你
可否听得见

# 爱的沙尘暴

春回大地
滚滚的黄沙在天边
集合完毕
冲锋号嘹亮地吹起
那漫无边际
铺天盖地
迅猛如电
如黄河决堤
似野马奔腾
高亢地欢歌着
浪涛直冲云霄
推倒墙
拔起树
把我连沙石一起
卷向天空
抛向云里雾里
让我快要窒息的
不正是你
积攒了千百个世纪
爱的沙尘暴

# 寒冬，一团火从天边奔来

寒冬，一团火从天边奔来
如一轮燃烧的太阳
如一匹火红的神骏
你红彤彤地照亮了整个冬天

积雪深深没膝
怎能阻挡你前进的脚步
雪沫在你脚下激情四射
狂风对你紧追不舍

你只顾火火地燃烧
只顾飞速地奔跑
听着漠风的热情高歌
看着雪花的曼妙舞蹈

向着远方的爱人
你正在全力地奔跑
偶尔猛栽一个大大的跟头
也是为给雪原一个深情的拥抱

# 有一种爱其貌不扬

有一种爱其貌不扬
就像母亲长满老茧的双手端来热汤
就像踩在脚下的泥土把万物供养

有一种爱其貌不扬
就像父亲刻满皱纹的脸那样慈祥
就像恩师的谆谆教导令人难忘

有一种爱其貌不扬
就像阳光暖暖地照耀着心房
就像醇酒在岁月中久久飘香

有一种爱其貌不扬
就像小舟在你的心海中荡漾
就像鸟儿在天空中展翅飞翔

有一种爱其貌不扬
就像影子时刻陪伴在你的身旁
就像血液在你的脉管中涓涓流淌

# 夕阳下漫步戈壁

当夕阳把忧伤
拉成一条
瘦长
瘦长
的土路
总也忍不住
去这条路上漫步

不是为了
追赶凄美的落日
也不是为了
欣赏苍茫的暮色
只为了看看
那飘然而来
又飘然而去
的身影
此时会不会
又在路的尽头
冉冉升起

# 思念

每天
让思念
汇聚成
透明的日光伞
伞一撑展
红彤彤的滚圆
便从东头的地平线
荡到西头的地平线
然后浓墨重彩
成漫长的漆黑

而一轮相思
又从夜空
悄然升起
千古惆怅
便在月光中
缓缓流淌

# 思念如潮

即使你远在天涯海角
我依然可以吃着最苦的药
笑着最甜的笑
当想起你的时候

每当清晨醒来
最先向我问好的
是你的音容笑貌
像朵朵彩云在我心间缭绕

当夜晚来到
我开始品味泪水的味道
像棵泪珠盈盈的小草
在漠风中思念如潮

我知道 我知道
见与不见并不重要
只要梦里的一个拥抱
一个拥抱到天荒地老

# 望

透过斑驳狭小的窗户
我在望
望门前的野草疯长
望戈壁上尘土漫天飞扬
望门前两排成天被风儿拥吻的白杨
望远处博格达峰长年不化的积雪
望偶尔从门前走过的寥寥人影
望被困在围栏里郁郁寡欢的野马
望飘雨
望飞雪
望骄阳
望皓月
望眼前的景物
全是你的面容

望得久了
竟望出了挺拔的高楼
望出了大片的绿荫和花园
破旧的小窗户也被望成
明亮的大窗户
望穿了青春
望宽了院落
望出了平整的水泥地
望得天山越来越亲近
望得野马从围栏冲向了旷野
我依然在望
望飘雨
望飞雪
望骄阳
望皓月
望眼前的景物
全是你的面容

# 与你一起走过的那段路

与你一起走过的那段路
如今我一个人一遍遍地走呀走
路边我们一起栽下的小树
已高过天山
树叶绿了又黄，黄了又绿
此时，我踩在满地的黄叶上
回顾着与你的春夏秋冬

与你一起走过的那段路，
如今我一个人一遍遍地走呀走，
路边我们共聚过的小屋
已成一片被弃的荒园
野草没过膝
却成为鸟儿们的乐园
此时，我听着鸟儿们在唱歌
怀想着与你的悲欢离合

与你一起走过的那段路
如今我一个人一遍遍地走呀走
路边我们共同守望过的原野
更加辽阔空远
围栏里的野马们一群群奔向了野外
此时，我依然守候在与你一起走过的路上
眺望着那怎么回也回不去的过去

# 雪地上那对脚印并没有并肩至春天

每一片雪花的飘落都与你有关
朵朵洁白
朵朵冰凉
正飘向昨天
飘向与你相遇的第一眼
飘向记忆最深处
那个属于你我的空间
飘向那个冬天的荒原

看那茫茫雪野无际无边
可雪地上那对脚印
并没有并肩至春天
像是雪花写下的哭泣诗行
挂在了冬的腮边

# 当爱已远离

当爱已远离
西伯利亚的寒流统治了整个世界
如刀的西北风整日咆哮
树被狂风撕扯着头发痛得直哭
枯草吓得颤颤发抖

当爱已远离
西伯利亚的寒流统治了整个世界
滚滚的乌云压向地面
大片大片的雪花铺天盖地
整个世界全被埋葬在了雪下

当爱已远离
西伯利亚的寒流统治了整个世界
山川河流全被冰封
大地万物全被冻僵
惨白无力的太阳也冻得不愿再露头

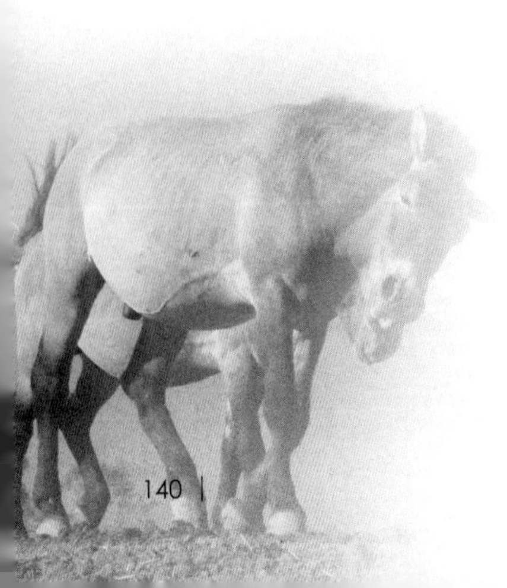

# 一朵干枯的云

我是一朵干枯的云
再也挤不出一滴眼泪
去湿润你的世界

曾经堆积又堆积
直到以一场雪崩
涌入了你的阵地

曾经为了你世界的绿
下了一场又一场的雨
曾经为你庄稼的丰收
飘了一回又一回的雪
曾经在你的肩上栖息
在你的心间缭绕

而今爱却被你耗尽
我成了干枯的云
就让我燃成灰烬
如烟花一样在夜空散去
散向无尽的虚空
连同疲惫和流浪的心
不留下任何痕迹

# 沙沙春雨里，<br>我想起了那份湿漉漉的爱情

春雨沙沙地下起
冰凉的小雨点打在我的脸上
我不想打开雨伞
故意让雨淋着
让这透心的冰凉
冲开我内心深处的闸门
让那份湿漉漉的爱情
出来透透气

那份久远的爱情
在春天里的
一场狂风暴雨中华丽登场
与来之不易的长明电相伴而来
干涸已久的戈壁
忘情地畅饮着
那瓢泼而至的甘霖

自从有了那份爱情
我干枯的生命
仿佛走进了雨季
绵绵无期的雨季
我陶醉在甜蜜的雨里
就像是沉浸在一场美梦中
永远不愿醒来

谁也不会想到
会有后来的别离
别离在凄冷的秋雨中
我的心如枯叶般凋零
凋零在无情的秋风中
在收获的季节
我却将最美好的爱情埋葬
埋葬在一去不复返的时光里

# 和弦

和着满月
或是月牙泉的泪滴
谁的指尖
拨弄着岁月的弦
一曲清音
在孤夜响起

那些黑夜里的眼睛
可否在倾听

那些荒野中的精灵
可否在倾听

那遥遥相望的心灵
可否在倾听

那退隐于光阴深处玫瑰的倒影
可否在倾听

# 云淡风轻

云淡风轻
你的身影
已退至远山
退至前世
已逝为云
化成雾
浓浓的思念不再
重重的悲痛不再

可你说还会卷土重来
用狂风暴雨统治这个世界
天空已是那样纯净
即使暴雨再来
也如
泼到明镜上的水
无法将她的心淋透

# 忘却

等真的忘却
已离最想忘却时
那么遥远
再去翻阅
昨日的伤悲
竟分不清主人公究竟是谁

还是要去细细品味
那淡淡的月的清辉
无比柔和地洒向我
曾一度狂澜四起的心湖
已安宁得如明镜
一般映照出以往的鲜血
在涓涓流淌

如今仔细一瞧
那不过是霞光映红了溪水
忘却真的很好
不管它来得或迟或早

# 爱捉迷藏的小精灵

在都市里
手机信号像是随时待命的仆人
不知疲倦地为主人提供热情服务

可是到了荒野
与其说它像懒虫一样地呼呼睡去
不如说它像顽皮的爱捉迷藏的小精灵
害得主人东奔西跑地到处找它

为了放飞爱的信鸽
不得不把手机举得高些
再高些
有时会爬向屋顶
有时会跑好几里路

当你满头大汗地大口喘气时
那可恨的小家伙
会突然跳到你的眼前
眯着眼睛朝你嘻嘻地笑

# 这来之不易的光明呀

闪电划破漆黑的夜空
隆隆的雷声响彻云霄
荒漠戈壁已干渴太久
狂风暴雨终于来临

在灯火灿烂的餐厅里
欢庆的盛宴拉开帷幕
人们激动地觥筹交错
人们忘情地载歌载舞
为长明电的到来庆祝
为这难忘的时刻庆祝

这感天动地的长明电呀
这让人日夜苦盼的光明呀
这来之不易的光明呀
这吉祥如意的光明呀
这迟到了十余载的光明呀
终于在马年的春天降临

她让十六载的黑暗退出舞台
她让黑夜一样的寂寞退出舞台
她让每晚仅送两个小时光明
的柴油发电机告老还乡
她让夜夜苦熬的光明主干将
——蜡烛回家歇息

她是光明的使者
她是春天的使者
她给野马带来了春天
她给野马保护者带来了春天

荒凉闭塞的戈壁从此不再寂寞
不再是被现代文明遗忘的角落
长明灯从此在人们心中亮起
长明灯将野马的前途照亮

# 当网络在荒凉戈壁安了家

## （一）

当网络在荒凉戈壁安了家
那孤零零与世隔绝的小屋
便成了宇宙飞船
便成了快乐天使
可以周游世界
可以遨游太空

当网络在荒凉戈壁安了家
围栏里的野马也生出翅膀
便成了神马
便成了天马
可以腾云驾雾
可以飞天入地

## （二）

我们的宿舍整洁明亮又温馨
就像城市里的星级宾馆
宿舍里有网络、电视和空调
洗浴设施样样齐全
如果你置身其中
怎么会相信这里是在荒郊野外

当你静静坐在电脑前
乘着网络去环游世界
当你的手指在键盘上神采飞扬地舞蹈
当你眼前呈现出一个五彩缤纷的乐园
你怎么会相信这里曾经是一片荒凉
你怎么会相信这里曾经一无所有

曾没水没电没电话没电视没住房
怎么会相信人们——
曾在这里住着简陋的地窝子
曾围着炉火烤着冻僵的双手
曾喝着融化的雪水
曾吃着风干的馒头
曾在昏暗的烛光下打发着孤寂的夜晚
曾在无数个暗夜里悄悄流泪

一个人的世界曾如梦魇般可怕
如今一个人的世界一样多姿多彩
一个人的世界不再孤独而凄凉
一个人的世界一样充满着阳光
电脑网络就是我们的亲朋挚友
电脑网络就是我们的忠诚伴侣
也是我们的学府，我们的老师
是我们自由快乐的天堂

# 三

# 自然生态篇

# 大戈壁

大戈壁，大戈壁
赤裸成雄壮
坦荡成苍茫
千年万年
把日月星辰
自如吞吐

你那肃穆沉默的面容下
究竟埋藏了
多少传说
比石油还古老
比星空还神秘
每当经你神奇的手
轻轻一抚
那被城市挤压的
皱巴巴的心灵
便舒展如画
愁绪顿时凝固
成丘陵
随着车轮飞速
逝去……

# 戈壁秋晨

没有了燕儿的呢喃
没有了夏虫的弹唱
风儿无声
秋草无语
我的脚步轻轻
太阳悠闲地升起

辽阔的戈壁
还在晨光中安睡
带着婴儿般的笑容
盖着朦胧的纱被
安魂曲从天际传来
我的心灵竖起了耳朵

# 戈壁春天

戈壁的春天
来得不是那么轻声细语
粗犷的春风
满怀激情地高歌一曲
就把春的序幕
呼啦啦地给拉开

那嘹亮的歌喉
唤醒了沉睡的大地
花草树木赶紧起来梳妆打扮
枯黄的世界
顿时绿意盎然
空旷的戈壁
一片勃勃生机

那动听的歌唱
把大雁和小燕子
也从南方召回
五彩斑斓的鸟儿们
在蓝天中随风而舞
在绿树上用清脆的嗓子
为明媚的春天而歌

那澎湃的激情
让野马、野驴、黄羊等野生动物们
沉寂了一冬天的爱的火山
在一瞬间喷发
它们开始尽情地恋爱
开始为生儿育女忙碌不停

那火样的热情
让农民们的心里
也燃起了希望之火
隆隆的拖拉机耕地声
从远处传来
一个个撒播种子的身影
正在田间穿梭

# 戈壁上的黄金树

来自海南的黄金树——
见到你
怎能不让人想起
站在蓝蓝大海边的婷婷少女
其实
你依然长在海上呀——
你是移居到北方
土黄色固态海洋上的
红衣女子
冷冷秋风中
你裙袂飘飘
红彤彤地燃烧着
你是戈壁荒滩上
最耀眼的火啊

青松 白蜡 葡萄树
扎根在这里都不足为奇
而你是来自南方的美女呀
北方的杨树 榆树 沙枣树
都不易在这里存活
是谁赋予你这柔弱女子
红柳般顽强的生命力呢
你不失棕榈 椰子树的袅娜风姿
一排排细长的叶
就像维吾尔族少女
垂下的又弯又长的睫毛
又像一串串晾起的红辣椒

去年你还仰望着身旁的青松
今年你却含笑俯视着他
把那堂堂男儿气得半死
夏天里你身着绿裙时并不抢眼
秋天里你穿上红裙迎风而舞
像火一样把青松烧得唇干发焦
连太阳见了你舞动着的风火轮
也失色地早早躲在了山的后头

# 戈壁红柳赞

风沙肆虐的春季
红柳的生命又鲜活起来
没有大树般挺拔的身躯
没有鲜亮平展的绿叶
也不能像大树
用手臂将绿叶高高举向蓝天
骄傲地向人们展示自己的繁茂
你细密的枝叶直接从大地吐出
手拉手、肩并肩
紧密团结着向四周伸展
人们无须仰视
就可看清你朴素的容颜

你天生就不惧严寒和干旱
你天生就喜欢迎战风沙
你不像其他的树
需要移他方之土
需要人们施肥浇灌、修枝剪叶
才能在大漠戈壁艰难地生长
你那三五成群的大片大片的绿啊
是那样的质朴和顽强
你把歌声唱给大地
把欢笑投向蓝天
除了感激和顺应
你从不报怨

你也有香飘万里的时候
当五个瓣的粉色小花
团团簇簇地挤满枝头
像红彤彤的彩云落坠
又像少女羞红的脸颊
你的风姿和芳香
绝不亚于那些娇艳的名贵
而你却常谦卑地低着头

# 一棵苹果树

那是一棵刚刚结了苹果的小树
油亮油亮的绿叶在风中嬉戏
碧绿碧绿的苹果在阳光中沐浴

谁知突如其来的一场冰雹
将沉甸甸的希望全都扫落在地
苹果树在哭泣中渐渐凋零
她顽固地睡了过去
以为可以在梦里躲避风雪
任春风千呼万唤
她却不肯醒来

多年以后
死神拿着斧头对果树说：
“跟我走吧，在我那里你会睡得更美”
果树在斧子将要劈下时突然惊醒
很快奇迹般地发出了新芽
“开花、结果才是我的使命呀”
——果树恍然大悟
从此她不再惧怕风霜

# 荒野上的一株梧桐树

当所有的绿被荒野吞没
独你没有屈服或是幸存
还是哪只鸟儿
衔来了一颗爱的种子
又向天空借了—滴眼泪
从此你就在荒漠中生了根
发了芽

梧桐因此也未能绝种
独立于这茫茫荒野
或许是在静候着凤凰
那殷切的盼望
写满了你的枝枝叶叶

暮色中
你披上红装
站成了谁的新娘

黑夜里
你那双独醒的眼
又为谁守候到天亮

蓝天下
你举起双手
把绿意和欢笑回报给阳光
风雨中
你迎风而舞
像一面旗帜
召唤着绿色的海洋

在城市
你会被修剪成一道道美景
在荒野
你却站立成了你自己
站立成了大自然之子

# 沙枣树赞

你的花、叶和果
都披着一层霜一层雾一层朦胧
掩映了你青山绿水般的秀色
那淡雅的小花
鹅黄的嫩颜
虽说一点也不起眼
可那飘向万里的香气呀
比对爱人的思念还要浓烈
那精致的小小杯盏
盛满了芳香的甘醇
托起一份份的盛情
喜迎着八方来客

当你青涩的果实被秋风染红
珍珠般串串挂满枝桠
你却谦卑地垂首含笑
每一颗果实都眯起笑眼
如天上的繁星点点
你到哪里都可随遇而安
连荒漠戈壁都不乏你的身影
盐碱和干旱不能把你怎样
寒霜和冷雪又有何惧
那不过是冬给你的
一份柔情一份蜜意
为让你的果实甜美无比

# 那些笑傲风雪的花和树

红色的笑
绿色的笑
蓝色的笑
比阳光还要灿烂
成片的笑声
震落了树上的皑皑白雪
那些笑傲风雪的花和树呀
把笑声传染给了碧蓝的天空
和清凉的空气

笑容烂漫的春光
并没有被四月的飞雪冻僵
冰雪的点缀和装饰
使春花的盛开无处不在
就像彩虹一样的佛光
普照着世间角角落落
你说
还有什么比这冰雪中的笑容
更让人心动

# 绿色进行曲

阳光从葡萄架的缝隙间挤下
扑跳到我的脸上说说笑笑
我站在葡萄长廊下远眺
看那绿浪 那绿色的大军
正一路欢腾 一路高歌
欲把黄沙和荒凉全踩在脚下

天山一定是受了邀请
在远处高大的主席台上
正襟危坐 目光庄严
检阅着这浪涛般的绿色方阵
漠风高亢
正在为这浩瀚的绿意奏乐

向日葵也从农田站到了荒漠
无论朝哪个方向行礼
都有一双双长满老茧的手
把她们阳光的笑脸举向蓝天

那炫目的朵朵金黄
正手牵着手
在戈壁大舞台上盛装而舞
舞动着一首首青春的诗篇
舞动着一幅幅壮丽的画卷

# 天山雪莲

你并没有沉睡于温柔的江南水乡
而是北方雪域的一枝独秀
是宝剑尖峰上
夺目的小太阳
是天山的桂冠
或钻石项链
是雪山之眼
警醒地俯视着人间
你执手于蓝天
与日月星辰密谈
与云雾相伴

你早已修炼成仙
仍含笑于冰清玉洁间
仿佛是一场等待
等待了已千年万年
集冰雪柔情于一身
集天地精华于一身
在奇寒中盛开
远离世间的纷扰

也许与你仅有一梦之遥
可要走多远的路
攀多高的峰
穿越怎样的云雾
才能穿透一场梦
才能抵达你
我的彼岸
我日夜仰望的灯盏

# 那些叶子并没有落

寒冬
那些叶子并没有落
那些花朵也没有凋谢
她们只是从外面
走进了我的体内
外面的世界
她们只是路过
只有住进我的心里
像太阳一样挂在
我心灵的树梢
或是长在我的诗里
那才是花与叶
永恒的归宿
尽管我的诗歌并不肥沃
可她纤弱的手臂
足以将整个春天托起

# 麦浪，麦浪

麦浪，麦浪
正用纤纤细笔
在荒野里写着青春荡漾的文章
用那绿意的诗行
抹去了大地额头的苍凉

风在芒尖上跳舞
喜鹊在田埂上歌唱
醉了蓝天
醉了云朵
也醉了那曾寂寞的时光

那生了锈的镰刀
已被磨得铮亮
正期待着那弯了腰的金黄
盛宴的邀请
已被荒野发向四面八方

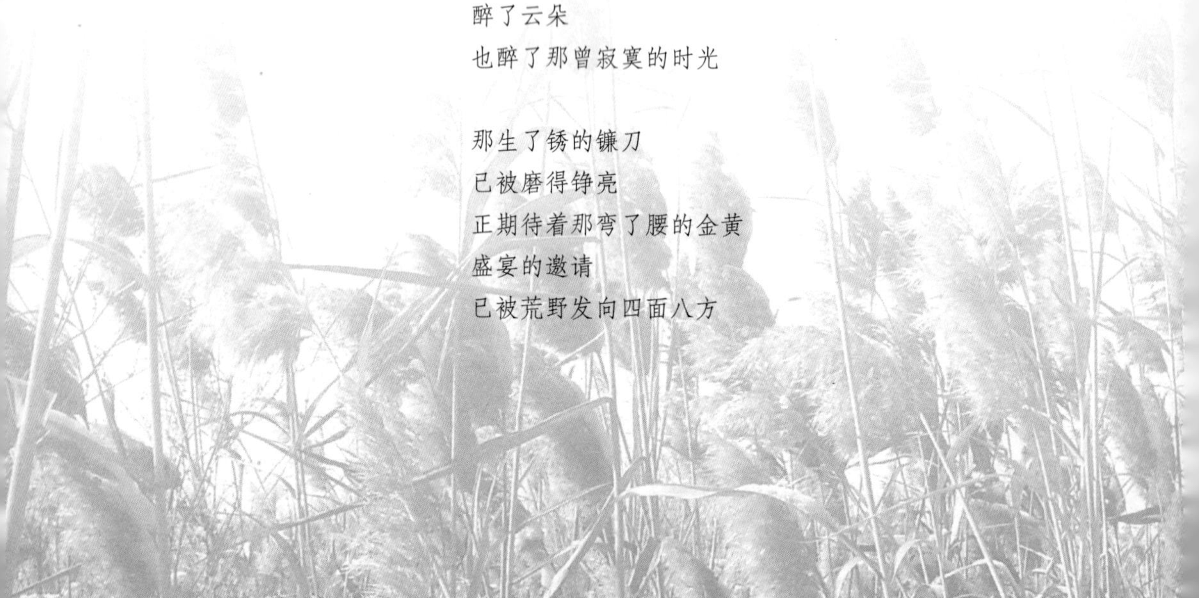

# 卡拉麦里

卡拉麦里
黑色的大地
像是娇羞的少女
裹着黑纱
静静沉睡
挺拔的乳房
隆起的臀部
在轻微的呼吸中
优雅起伏
那神秘的黑纱
让蓝天更蓝
让白云更白
让阳光更热烈
绣在黑纱上的花草
散发着诱人的香气
难怪
野马，野驴
这些粗犷高大的汉子
会在她怀里
沉醉

# 北国黑豆

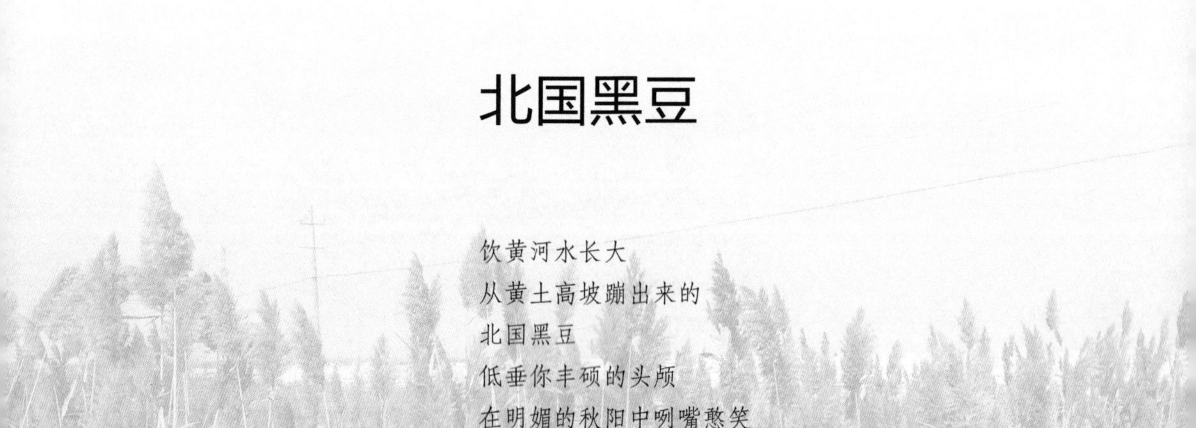

饮黄河水长大
从黄土高坡蹦出来的
北国黑豆
低垂你丰硕的头颅
在明媚的秋阳中咧嘴憨笑
狂野的西北风
把你的笑声吹向遥远的天际
连同浸透你灵魂的泥土香气
吹入伊人的梦里
那相思千年的南国红豆
怎么能及

# 雪花，雪花

雪花，雪花
你积攒已久的深情在为谁飘洒
你婴儿心灵般的圣洁为谁绽放
雪花，雪花，美丽无比的雪花
那受苦受难的大地
那日夜呼唤你的大地
总算盼来了你

你从天边走来
满载着柔情蜜意
你迈着轻盈的脚步款款而来
如轻柔的安魂曲从天边飘来
请伸出你温柔的双手
给大地那颗多难的心
那颗在风中颤抖的心以安抚
请用洁白的手帕
为幽咽的河流擦干泪珠
还有她满脸的尘土
都轻轻拭去
请给大地
披上洁白的婚纱
带上水晶项链
让她做你童话中最美最美的公主吧

雪花，雪花
你终于来了
世界变得如诗般纯净
让如水的宁静拥抱大地吧
让她在你宽广的软被里安睡
睡出一个亭亭玉立的美人
为你
惊艳一冬

# 大雪，大雪，你来得正是时候

大雪，大雪
你来得正是时候
尘世间太深太深的积怨和哀伤
正期待着你的厚葬

如果不是亲眼所见
有谁能知道你是如此慷慨
为了让世间的尘垢和伤痛
消失得彻彻底底
为了还世界一个
无比的纯净和安宁

你拼尽力气
倾其所有
仿佛把整个冬天的雪
一次性下了个够

大雪，大雪
你来得正是时候
你不仅仅厚葬了悲伤
也深深掩埋了所有的路
而新的路会更加清醒地伸向远方
待天晴后

# 雪花盛开

一场场地盛开
并非单独而来
精致而优雅的情怀
在风尘中炼了多久
才打磨成玲珑玉蝶

素素玉手相牵
花团锦簇
轻灵而舞
衣袂飘飘
翻飞 回首 凝眸
牵挂千丝万缕

以烟的姿态
云的影子
依依
袅袅

如离人的泪眼
或是一场期待已久的盛开
在天地间
朵朵柔情
正从古诗词中翩翩而来
无声无息中
还世界一个清清白白

# 雪呀

雪呀
究竟怎样的一生
才能配得上你的圣洁
高在云端
众人仰望
未免有些太孤独

于是
你落入红尘
盛开
在黎明 在黑夜
在乡村 在城市
在树梢 在山间
世界的角角落落
条条道路你都走遍
以万物的形状

与黑暗握手
与污泥相拥
把世界的污浊清洗完毕
把疼痛的记忆一一除去
你才算做了回完整的自己

一场轮回后
你依然洁白如初
没有什么
能染黑你的心灵
正如洁白的莲花
出了污泥
依然婷婷
依然亮洁
如晨露

# 冬日阳光

当外面的世界还是一片冰凉
阳光穿过明亮的窗
暖暖地照着我的心房

我靠在软软的沙发上
静静地沐浴着阳光
就像沐浴着爱人的目光
暖流在细胞间缓缓流淌
溶解着体内的每一份忧伤

我轻轻闭上双眼
世界依然如此明亮
世界是那样宁静安祥
连我的呼吸都成了嘹亮的歌唱

渐渐我也融成了一缕阳光
在冬的世界里快乐徜徉
暖暖地照耀着大地
默默地消融着冰雪
把明媚的春光
悄悄送给人间
把满腔的爱洒向
世界每一个地方

# 一个人在冰清玉洁的世界里穿行

我是一丝轻柔的风儿
一个人在冰清玉洁的世界里穿行
轻轻地穿过洁白的树林
轻轻地走过洁白的大地
轻轻地抚摸着冰雪如玉般的脸颊

我是一朵轻灵的雪花
一个人在冰清玉洁的世界里穿行
柔柔地在山川间飘舞
柔柔地在村落里飘舞
柔柔地投向大地母亲般的怀抱

我是一缕柔和的阳光
一个人在冰清玉洁的世界里穿行
暖暖地融化了冰雪的心
暖暖地注视着大地的眼睛
暖暖地把童话般的世界照得亮晶晶

我是一个晶莹的天使
一个人在冰清玉洁的世界里穿行
静静地飞翔在蓝天中
静静地对着大地万物笑嘻嘻
静静地把人间的伤痛全都埋进冰雪里

# 雪花抢占了春姑娘的舞台

（一）

雪花在寒冬里偷了懒
给人们留下了
暖暖的记忆
也许人们淡忘了
雪花的美丽

当春的脚步临近
雪花的飞舞
本应该谢幕
不知是没有舞够
还是要弥补
自己的失职
雪花居然抢占了
春姑娘的舞台

不管人们喜不喜欢
是在聚精会神地观赏
还是在打着瞌睡
或是进入了梦乡
雪花都在春姑娘的舞台上
大展着袅娜的舞姿

她优雅地舞动着那
洁白晶莹的身躯
静静地飞舞
柔柔地飘落
飘落在大街小巷里
飘落在宁静的村庄中
飘落在雄伟的天山上
飘落在辽阔的原野里

雪花就这样
带着无尽的不舍
洋洋洒洒天地间
在春天里给人刻下了
冷冷的记忆

在春天里给人留下了
美好的回忆

### （二）

最大的一场雪
在春天里飘落
雪花飞舞了三天三夜

才肯睡去
雪后天晴
厚厚的积雪没膝
大地圣洁无比
金色的晨光里
雪地上闪烁着无数
亮晶晶的眼睛

雪花对春姑娘
悄悄耳语——
不要埋怨我抢了你的舞台
我浓墨重彩
不正是在为你的惊艳登场
埋下伏笔
相信你今年春天的出现
一定比以往任何一年
都要美丽
到时你一定会
惊喜无比

# 我张开双臂，
# 要把美好的春天紧紧拥抱

我走在无比明媚的阳光下
我走在无限宽广的原野中
没有什么
比这旷野的呼唤更让人心醉
没有什么
比这碧透的蓝天更沁人心肺

我张开双臂
要把美好的春天紧紧拥抱
要与美丽的大自然深情相拥
我张开双臂
欲像鸟儿一样在蓝天中飞翔
欲像鱼儿一样在大海中畅游

我深深呼吸
要把蓝天吸进我的体内
让我的心空清澈无比
我深深呼吸
要把伤痛排个彻彻底底
让我的心儿欢喜无比

# 美妙的春雨

揭去洁白的冬雪面膜
世界的容颜变得暗淡无光
正热切期待着春雨——
这位化妆师的到来
将自己装扮得亮丽多姿
焕发出青春的光彩

春雨迈着轻盈的脚步
终于在三月底的一个黄昏悄然而至
当清凉的小雨点滴在世界的脸上
他禁不住扑哧笑出了声
无数个彩色的小雨伞
花朵般地在他怀里涌动起来

春雨轻轻地洗刷着他脸上的灰尘
春雨静静地滋润着他的心田
像勤快的小闹钟一样在夜里滴答不停
像美妙的音乐一样在人们梦里浸润
夜灯下明晃晃的一片一片
可是春雨跳跃不止的闪亮舞台

第二天一早
经过春雨的大手笔
世界魔术般地披上了生命的绿装
在明媚的阳光下忘情地歌唱
连那棵干枯了多年的沙枣树
都奇迹般地发出了新芽

# 热

大铁锅中绿豆在汩汩翻腾
一锅接着一锅地被太阳喝干
马舍钢围栏仿佛也被烈日烤化
看，那亮晃晃流动着的是什么？
是钢铁的汗水吗？
还是透明的火焰呢？
就连风儿也中了暑
要不怎么悄无声息？
想必风儿轻轻一吹
蒸腾的钢管会立即灰飞烟灭

要不小心防护
太阳准会把人烤焦
或把你的皮层层剥掉
你听
鸟儿们正在用冒着烟的喉咙狂叫着
热热热……
你看
太阳正脱水机似的将地球甩得
汗珠飞溅……

# 盛夏的夜

盛夏的夜
静静地端坐于
铺满一地的月光凉席
呼吸着青草和泥土的香气
倾听着蟋蟀的弹唱
饮着清风凉茶
心中的暑气渐渐消去

然而思念又无端升起
如月光之海中的无数银鱼
在深夜中无法入睡
正向着远方
向着天际
向着银河终点
的爱之海
游呀游

# 秋阳

高照的秋阳
已不如夏日般灼烫
我终于可以正视你了
遥遥地与你相望，
在你温存的目光里沐浴

秋阳啊秋阳
能否离我再近一些，近一些
让我可以紧紧偎在你的身旁

谁说你的世界里全是枯黄
在我眼里那是金灿灿的天堂
有金马，有良驹
奔驰如翔…

# 秋之恋

树叶
脱去职业的绿装
身着绚烂的晚礼服
蝴蝶般地完成最后的飞舞
燃尽铅华
安然地在大地怀中睡去

果实
洋溢着完成使命后的喜悦
正匆匆奔赴各个市场

独有那拒绝凋零的玫瑰
不理会秋雨的声声催促
不在乎秋霜的次次侵袭
冽冽秋风中
用纤纤细臂
倔强地高举着
熊熊燃烧的火炬

# 秋叶

红的叶
黄的叶
夏的热烈
在秋的枝头
如花怒放

如此艳丽的拥抱
怎能让树舍得
叶的离去
一步三回头
挥手再挥手
泪光紧紧相追

却见红红的泪眼
密密麻麻
铺满大地
秋风簌簌
怎能诉尽相思

# 风疯了

风疯了
恰如那曾狂乱躁动的青春
披着乱发
扯着嗓子
说着谁也听不懂的疯话
挥舞着双臂
一路狂奔
一会儿朝东吹
一会儿朝西吹
有时旋转着 旋转着
转得晕头转向
它到处撕扯狂抓
吹起漫天的风沙
它一路横冲直撞
多少房和树倒在了它的脚下
它仿佛总想紧紧抓住什么
却什么也抓住
又或是想把一切都带走
让世界落得个清清净净

# 干裂的大地

痛饮洪水之后
荒芜的大地
噼里啪啦地暴裂
就像乌龟的背壳
这是谁绘制的
纵横交错的家乡地图

我走遍一条条大街小巷
却找不到自己的家在何方
心脏顿时碎裂
比地面的裂缝要
多千倍
深万倍

为什么总是一个个
割裂的片断
每一个裂口
都涌着无色的血液
每一道裂痕
都张开了大口
欲把无边的寂寞喊成雷霆

咦
是什么卡住了喉咙
是什么堵在了胸口
怎么连蚊子的声音都喊不出
快来场暴风雨吧
干裂的大地
需要一次忘情的畅饮

# 梦幻大峡谷

神秘的大峡谷
也许无人知晓
幽深高峻
怪石林立
天空在峡谷顶部
蜿蜒成一条蓝色的河流
花花绿绿的鸟儿
是峡谷里最生动的风景

峡谷高处的巨岩上
一只比鸵鸟还大的灰雕
拍打着张开的双翅
像是在欢迎我的到来
他就是鸟中之王
身旁守着几个护卫

峡谷的尽头
是宝石蓝色天鹅湖
我突然生出了翅膀
在迷人的天鹅湖上悠然飞翔
俯视着一对对白莲花般的天鹅
我想我应该是其中的哪一只

多年以后
我再去那里
大峡谷和天鹅湖
藏到了林立的高楼底下
鸟儿们依旧美丽
可蓝天白云何在

# 土黄色的末日

也许有一天
这不只是一个可怕的梦——
地球已经无法再慈悲地给予了
因为她实在没有什么可再给予人类
干瘪的她满目凄怆地在颤抖着
满身的泥土哗哗落下

天空变成了土黄色
风沙弥漫
不再有阳光 白云 蓝天
大地也全然一片土黄
浊流泛滥
不再有鲜花 绿荫 清泉
而被泥土缠身的人类
正如土黄色受惊的野马群一般
惊慌失措地不知向何方逃窜

# 我只能这样静静地看着你

我只能这样静静地看着你
以一双大地的眼睛
看着你在我的湖心游弋
看着你对着大海梳洗
看着你在我的头顶嬉戏
看着你在我的肩头栖息
看着你轻轻地舒展肢体
看着你垂首沉思
看着你脚步匆匆
看着你如山一样堆积
得快要坍塌
看着洁白的你披上彩衣
看着你把圣洁、湿润、绿意
洒向人间

你是洁白的云朵
而我只能这样静静地看着你
从第一眼相识到永远
可我的心儿却在你的羽翼
上安营扎寨
每天与你一起
周游世界

# 旷野晚景

我想起了那渔塘那波光和芦苇荡
牧民骑着骆驼赶着一群晚归的羊
毡房里的奶茶正飘香
是谁伫立旷野
用深情的目光在垂钓夕阳

风儿不慌不忙
轻轻拨开芦苇荡
像是在找寻
那遗失在此的美好时光

月儿终于跳入池塘
把鱼儿紧紧拥抱
惊起了一池的波光
闪闪躲躲不知躲向何方

# 荒野之歌

荒野，荒野
我要为你歌唱
歌唱你鬓角的风霜
歌唱你坚实的胸膛
歌唱你心中的热血在流淌
和你那重新挺起的绿色脊梁
你那海一样深邃和宽广的宁静啊
无声无息地为万物抚去了忧伤

历史的车轮从你肩上辗过
你轻一弹指
多少繁华就落在了你的眉宇之间
你是一部天书
无字也疯狂
世间的生生死死，爱恨情仇
在你怀里潮落又潮起
你每一粒沙里
都绚烂着一个五彩的世界
你每一粒尘里
都留下了宇宙成长的足迹

只要你一个眼神
多少黑暗的心灵
就被注入了阳光
只要你轻一点头
多少迷途的孩子
就找到了回归的方向

# 情系荒野

我在南国的青山绿水间飞翔过
我在城市的辉煌灯火中歌唱过
像是一片云
在梦里神游
却不曾留下足迹

我不知道
哪里还会有这样一片土地
会有这片荒野踩上去这么踏实
我不知道
哪里还会有这样一片土地
会有这片荒野看上去这么亲切

虽然她长不出繁茂大树
只生长着低矮小草
虽然她长不出花容月貌
只生长着泥黑的脸
虽然她长不出繁华喧闹
只生长着荒凉寂静

我不知道
还会有哪片土地
能让我留下这么深的脚印
还会有哪片土地
能让我如此眷恋

宽厚慈爱的荒原啊
尽管你一贫如洗
可你早已成为我
心灵的故乡
无论走到哪里
我都忍不住要向你
频频回首

# 荒野之恋

我立于荒野肩头遥望天边
像一株枯草在寒风中颤抖着呼唤春天
以为爱之神会像太阳一样从天边浮现
以为生命的真谛如明月般高悬于天边

当我把荒野抛在身后
把整个世界走遍
当我一身疲惫终于抵达天边
才发现荒野忽然回到了我的心间

他沉默 他端坐
他微笑 他颔首
他面目和善
他粗衣布衫

那种无比的宁静与祥和
诠释着他内心的丰盛与辽阔
他身后一道道的彩虹之光
正书写着一篇篇爱的诗章

# 荒野中的小路

抬脚是朝阳
落脚是星辰
只有少数人在你的世界行走

背负着寂寞
背负着希望
你一直在风雨中摸索前行

除去眉间的杂草
移走心头的石块
你越来越相貌堂堂

相逢多么不易
离别更是依依
多少思念的目光漫过了你的肩头

# 荒野中的花园

梦幻般的花园
你如盈盈仙子
飘入了荒野的心田
你在荒野枯黄的发上
戴上了花环
像一个皇冠
亮瞎了众人的眼
太阳为你镶上金边
月亮为你镶上银边
你那柔美纤弱的背上
背负了整个春天

在蓝色的月光之海
你如那鼓起的风帆
百鸟栖息于你的双肩
天空为你洒着雨点
风儿对着花朵耳语
蜜蜂对着花蕊缠绵
一滴翡翠般的泪珠
凝结在荒野腮边
你远离热闹繁华的视线
可谁又能说你不起眼
世上有哪一座花园
能比得上你的明艳

# 心灵安居之处

当荒野的空旷与宁静
阳光一样直抵我的内心深处
那些不可一世的病毒
便没有了退路
连同厚厚的尘垢
都即刻被一一清除
心灵的眼睛
便闪亮如明星
像是婴儿的睡眠
定有长了翅膀的蜜
在其鼻孔里飞入又飞出

呵，宁静祥和之处
最适宜心灵居住
花香 鸟语 清泉 飞瀑
蓝天 白云 碧草 绿树
世间的所有美景
无不在此驻足
若饮一曲天籁之音
你一定会顷刻间被醉倒
有谁还会记得来时的路

# 后记

Postscript

在喜迎野马回归故乡三十周年之际，我从大学毕业分配至新疆野马繁殖研究中心工作已有二十年了。二十年来，作为唯一一名长年在一线工作的女专业技术人员，我与野马保护者们一起，在荒凉的戈壁大漠中，顶着风刀霜剑，冒着严寒酷暑，忍着与亲人长相分离的寂寞，日夜守护着野马，把每一匹野马当作自己的朋友，精心把它们呵护，关心着它们的成长，体验着它们的悲喜。也许是与野马的缘份冥冥之中早已注定，一开始我就对野马有一种同命相连的感觉，所以我的诗歌既是写了野马的内心世界，也是写人的内心世界，二者息息相通，水乳交融，人马难分。每一首小诗，都是野马三十年发展的曲折历程中的一朵小小的浪花，浪花里闪烁着人与马最纯真的内心渴望。

自从一百多年前野马被捕猎运往欧洲，野马一直在苦苦寻找着回家的路，寻找着自由之路，而三十年前，在国际野马保护机构及中国政府的共同努力下，野马有幸终于回归故土新疆准噶尔盆地。在三十年的回家路上，野马究竟经历了怎样的坎坷？保护者付出了多少艰辛的汗水？知之者恐怕不多。我觉得自己也如一匹马儿，在尘世间流浪，在物欲横流的社会及命运的打击中迷失了自己，在二十年与野马的相依相守中，我也在寻找着回家的路，寻找着回归本真的路。这本书同时也是写了我本人二十年曲折的青春心路，经历了青春的失落、孤寂、迷惘、彷徨、爱的伤痛，最终由风雨飘摇的历练走向了坚定和平静，曾经无数次逃避的荒漠戈壁也成了自己深深依恋的心灵故乡。在多年的青春守望中，我有如一匹围栏中的野马，空有一颗高傲的心，却被命运无情地困于围栏之中，想爱无法去爱，想奔无法奔腾，只好在围栏中冲撞、流血、屈死，很多野马至死都不能踏出围栏一步。虽然经历了无数颠沛流离，通过保护者们多年的呕心沥血，野马终于冲出围栏，踏上了百年渴望的家园。但种种凶险和困难又摆在它们面前：它们能适应新的环境吗？它们能在大雪中找到食物吗？它们能在干旱中找到水源吗？它们能抵御天敌狼的侵袭吗？还有马路横贯、家畜干扰、到处开矿等等，都对它们的生存造成很大威胁，野马最终能度过各种难关，成功恢复野性，重建它们的家园，使家族复兴吗？它们经过了漫漫的寒冬能迎来生命的春天吗？

不论结局如何，希望总是美好的，只要不放弃梦想，只要去拼搏，去努力，哪怕最终不能找到理想的家园，奋斗的过程本身也是一种收获。如果现实中真的找不到梦想如初的家园，那就给心灵一个美好的家吧，最终让心灵回归自然，回归本真，与自然合一，把自由奔驰的梦安放在心灵的家园，安放在精神的家园，和马儿们一起，在无边无际的心灵旷野中且行且歌，奔腾不息，把春天的鼓擂响。

我的这些小诗，这些稚嫩的文字，不仅写了马与人的酸甜苦辣，还写了野马赖以生存的浩瀚戈壁中的自然景观，有原生态的自然景观，也有保护者为了改善生态环境大力植树造林而创造的荒漠绿洲之景。一字一句均关马，一草一木总关情，通过对马、对人、对自然景物而发的感悟，抒发了我对野马、对大自然的深深热爱与依恋之情，也表达了我对保护者的艰苦奋斗、无私奉献精神的赞美，并以此献给野马故乡新疆维吾尔自治区成立六十周年，献给野马重返故乡三十周年，献给我与野马相守的二十年青春岁月，献给为野马保护拯救事业做出贡献的人们，献给关爱野生动物、关爱野马的社会各界，我拙劣的诗行，希望读者们会喜欢。

张赫凡

2015年3月20日